btb

Buch

An der Stadtgrenze von Tel Aviv zu Jaffo, in einer Art Niemandsland, liegt unten am Strand eine Bar. Babu, der Pächter, ist ein Einzelgänger und genau wie die meisten seiner Gäste ein im Leben Gescheiterter. Die Bar ist der Treffpunkt von Fremdarbeitern – Rumänen, Nigerianer, Brasilianer und Filipinos, die es auf der Suche nach Arbeit nach Israel verschlagen hat. Sie wohnen in Verschlägen in der Nähe des zentralen Busbahnhofs, und in Babus Bar trinken sie jeden Abend ihr Bier, spielen Domino, hören Musik, träumen von zu Hause. Babu läßt sie gewähren, mischt sich aber nie in ihre Angelegenheiten ein. Bis ihn einer seiner Gäste eines Nachts in den Hinterhof der Bar ruft, wo eine übel zugerichtete, halbtote Frau liegt. Da Babu nicht die Polizei einschalten will, bleibt ihm nichts anderes übrig, als sie mit nach Hause zu nehmen und gesund zu pflegen. Nach und nach erfährt er, daß die Frau Brasilianerin ist, Gloria heißt und sich illegal in Israel aufhält; verprügelt wurde sie von ihrem Mann, den sie verlassen hat. Babu möchte mit der ganzen Sache nichts zu tun haben, aber dann erzählt ihm Gloria, daß sie in Brasilien eine kleine Tochter zurückgelassen hat, die sie unbedingt zu sich holen möchte. Nach langem Zögern verspricht Babu, ihr dabei zu helfen…

Shulamit Lapid hat mit »Strandbar« einen Roman geschrieben, der gleich zwei in der israelischen Gesellschaft herrschende Tabus aufgreift: einerseits die schwierige Situation der nicht-jüdischen Fremdarbeiter und andererseits die Folgen der psychischen Belastungen, denen junge Soldaten ausgesetzt sind. Ein Buch, das aufwühlt und den Leser lange nicht losläßt.

Autorin

Shulamit Lapid, geboren in Tel Aviv, zählt zu den bekanntesten Schriftstellerinnen Israels. Neben ihren auch in Deutschland sehr beliebten Kriminalromanen schreibt sie historische und sozialkritische Romane sowie Kurzgeschichten, Theaterstücke und Kinderbücher.

Von dieser Autorin bei btb außerdem lieferbar

Lokalausgabe (72036), Der Hühnerdieb (72412), Er begab sich in die Hand des Herrn (72205)

Shulamit Lapid

Die Strandbar

Roman

Aus dem Hebräischen
von Barbara Linner

btb

Die Originalausgabe erschien 1998 unter dem Titel
»Ezel Babu« by Keter Publishing House, Jerusalem

Umwelthinweis:
Alle bedruckten Materialien dieses Taschenbuches
sind chlorfrei und umweltschonend.

btb Taschenbücher erscheinen im Goldmann Verlag,
einem Unternehmen der Verlagsgruppe Bertelsmann.

1. Auflage
Deutsche Erstveröffentlichung Dezember 1999

Umschlaggestaltung: Design Team München
Satz: IBV Satz- und Datentechnik GmbH, Berlin
CV · Herstellung: Augustin Wiesbeck
Made in Germany
ISBN 3-442-72547-7

1

Das Abwasser strömte dahin, trieb fett in seiner Rinne unter den alten Jemeniten mit den Käppchen, die Scheschbesch spielten und die Tauben mit den Bröseln der übriggebliebenen Pitabrote vom Schabbat fütterten, hindurch und sammelte sich unterhalb der Mole, einer Burg aus großen Kalksteinen über dem gärenden Fluß stinkender Grütze, der den Norden vom Süden trennte – der Mississippi vor dem letzten Gefecht! Um den Abwasserkanal zu umgehen, mußte man durch den glühenden Sand zur Strandpromenade hinaufstapfen und sich die Füße im versengten Gras des Charles-Clore-Parks verbrennen, während Jafos Türme hinter dem schmutzigen, wie siedendes Fett blubbernden Hitzefilm zitterten und dann auf einmal – die Dunkelheit der Bar, deren schwarzer Schlund dem schmelzenden Asphalt entgegengähnte, und den alten Autos, die gestern abend hier angekommen waren und nun brennende Augen über den Zigaretten öffneten, die in den betrunkenen Mündern in der Bar erloschen waren. Ein säuerlicher Geruch nach Bier entströmte den Wänden, dem Mobiliar, den Kleidern, während die letzten Morgenstunden, berstend vor Licht, die Erinnerung an etwas Vergessenes, Absichts- und Willenloses in diesen finsteren Brunnenschacht hineinstießen, Erinnerung an etwas, das die Lider anklagte, die sich vor den morgendlichen

Wellengleitern schlossen, wenn sie, einbalsamiert in ihren aalglatt schimmernden Gummianzügen, mit klatschenden Flossen den gewundenen kleinen Pfad an der Bar vorbei zum Meer hinuntermarschierten. Sie verschwanden jenseits der schwarzen Öffnung der Bar, und schon waren sie nicht mehr zu sehen. Nun segelten sie auf den Horizont zu, forderten die schwarzen Tiefen heraus, und dort, zwischen den Wellen, die sich vom Meer losrissen, würden sie plötzlich schweben, schweben über der Brandung nahe dem Himmel, an einen Ort, an dem sogar die muskulösen und sonnenverbrannten jungen Männer in Kalifornien und Australien die Sprünge, Kreisel und akrobatischen Spiralen sehen könnten. Dort, jenseits des Meeres, hinter der weißen Wellengischt, jenseits des Reichs der Tiefsee, nach den Walen und Delphinen, dort, wo sich die sprühenden Tropfen in der Luft zu elektrischen Funken wandeln, fernab von den alten Jemeniten mit den Käppchen, die Scheschbesch spielen und Tauben füttern, jenseits des Abwasserkanals, der zu der modernden, öligen und stinkenden Jauchegrube am Trumpeldor-Strand zusammenläuft. Dort, wo die Menschen ein Heim und einen Namen haben, ihre Abwesenheit bemerkt wird und es »Vater ist zurück!« und »Komm essen, Kind« gibt. Doch, sie hatten so etwas, auch sie. Und sie erinnern sich, die verklebten Lider erinnern sich, die zwischen den Lippen klebende erloschene Zigarette erinnert sich, der säuerliche Geruch nach Bier und Zigarettenstummeln, der vom klebrigen Fußboden, von den Stühlen, der Theke und den Kleidern aufsteigt, auch das Haar erinnert sich daran, daß es anscheinend einmal anders war. Denn woher sollte sonst diese Erinnerung an ein Streicheln über den Kopf kommen, das Wissen, daß es nicht immer so war, daß es einmal einen anderen Ort gab, andere Menschen, von denen Fetzen, ein schattenhafter Umriß, ein butterweicher

Blick, ein Tuch auf dem Haar, ein Siegelring am Finger des Mannes, noch traumverhangen matt ins Erwachen hinüberflattern, zu lumpig und bescheiden, um noch ein wenig zu verweilen oder sich zu erkennen zu geben, in der schwarzen Luft der Bar schwebend wie die Geister von Fledermäusen. Und die Fingernägel, die im Laufe der Nacht lang und hart geworden sind, scharren in dem fauligen Holz der Tische wie Kühe, wenn sie ihre Hörner durch die Gatter stoßen, freikommen und doch steckenbleiben wollen – vielleicht würde der Traum dieser Nacht ja wieder zurückkommen und einen Namen annehmen.

Es war ihr Tag. Ihr Tag, um hier zu vergessen und, aufgedunsen und blöde von zu viel Bier und dem regungslosen Sitzen auf den Holzstühlen, die Erinnerung zu suchen und die Hände, rauh geworden während der Woche auf den Gerüsten, in ihrem Schoß schlummern zu lassen. Hin und wieder erhob sich einer ächzend und trat auf den Hinterhof hinaus, um über den Haufen alter Reifen zu erbrechen oder zu urinieren, kehrte schwindlig von der kurzen Ausnüchterung zurück und trank schleunigst noch ein Bier, um zum besten Teil an der ganzen Woche zurückzukommen, dieser Besinnungslosigkeit in Babus Bar, dem Ort, an dem die einzige Gefahr, die den Menschen drohte, ihre Existenz an sich, ihr eigenes Leben war, der Atem in ihrer Nase, das Blut in den Adern, die Augen, die vor Müdigkeit zufallen und hinter den geschlossenen Lidern weiter sehen, trotz allen Bieres, trotz des Erbrechens, trotz der Bewußtlosigkeit, trotzdem und trotz allem.

In Kürze, wenn das Licht in seiner Ausschließlichkeit schmerzte, zweifelsfreies Tageslicht, würde er, Babu, nach Hause gehen und sie dort lassen, damit sie einen Ort zum Dämmern hatten. Sollten sie da sitzen, was kümmerte es ihn, sollten sie sitzen bleiben, so lange sie wollten und konnten auf den harten Steißen ihrer knochigen Pferdehintern. Sollten sie doch, so viel sie wollten und konnten diese Stumpfheit speichern, die ihnen am Ende die Kraft geben würde, aufzustehen und auf den von zuviel Sitzen eingeschlafenen Beinen zur Straße zu gehen, zum Sammelpunkt der Sklavenarbeiter, und dort zu warten, daß der Muskeljäger käme, an ihren Zähnen überprüfte, ob sie ein totes oder lebendes Pferd waren, und ihnen einen Tages- oder Wochenlohn gäbe, um Babus Biere zu bezahlen, die Dunkelheit und das blöde Dämmern ins Leere. Niemand außer ihnen kam hier herein, keiner würde etwas stehlen, sie würden ihre Schekel in den Glastiegel auf der Bartheke werfen, und wenn es einer vergäße, würden sie ihn daran erinnern. Das war es ihnen nicht wert, diesen Ort zu verlieren, der einem Zuhause oder einer Familie am nächsten kam, jedenfalls mehr glich als die Pappkartons, auf denen sie schliefen, nachdem sie der Muskeljäger nach einem weiteren Arbeitstag unter der Sonne in die Nacht entlassen hatte.

Am Mittag würde der Junge von der Bäckerei mit den warmen Pitabroten kommen und in der Türe stehen – der kleine Körper flammend im gleißenden Licht – und in diesen finsteren Schacht blicken, halb hingezogen, halb zurückschreckend, lauschend, das Brechen der Wellen unten am Strand wie eine Peitsche in seinem Rücken, die Plastiktüte von warmen Dämpfen rieselnd, während sich seine Augen an die Konturen im Inneren gewöhnten, an die still atmenden Silhouetten, die erzitternd und ächzend aus ihrer Besinnungslosigkeit erwachten bei diesem neuen, auf einmal versöhnlichen Geruch nach dem noch ofenfrischen Brotteig. Und jemand würde dem Jungen die Tüte abnehmen, und er würde wie eine kleine Eidechse davonschnellen, nur den warmen Geruch wie eine Streifspur im Sand hinterlassend.

Sollten sie da sitzen, was kümmerte es ihn, sollten sie

sitzen bleiben, so lange sie wollten und konnten. Er hatte sein eigenes Zuhause, und wenn die Sonne hoch am Himmel stand und die Menschen, Bäume und Häuser keine Schatten mehr warfen, dann liebte er es, in seinem Bett zu schlafen, in seinem Haus, mit seinen Geräuschen, ein laut brummender Kühlschrank, über den kühlen Fußboden schleifende Sandalen, und seinen Gerüchen nach gebratenem Omelett, frischem Kaffee und Bettzeug, das sich den ganzen Tag lang überm Fensterbrett aufgeheizt hatte.

Die Pitabrote gingen auf seine Kosten, auf das Konto seines glücklichen Schicksals, jener Frau und dieses Hauses mit seinen Geräuschen und Gerüchen, das die armseligen Dummköpfe finanzierten. Sollten sie sitzen bleiben, was kümmerte es ihn, sollten sie nur da sitzen, so lange sie wollten und konnten.

Er fand sie zwischen den Reifen. Ein Bündel Gestank, zwischen Mauer und Reifenhaufen gestopft. Er hatte ganz still dagestanden, sich von der Nacht einhüllen lassen und versucht, zwischen den Geräuschen des Meeres und der Stadt zu unterscheiden, zwischen dem flackernden Schein der vorüberfahrenden Autos auf der Hauptstraße und dem glänzenden Schimmern der Wellen. Das Rascheln einer Bewegung drang an sein Ohr, eine Schlange oder eine Ratte, wie er dachte, während er seine Augen anstrengte, danach ein leises schmerzhaftes Ächzen beim Atemholen. Da war jemand, ein Tier oder ein Mensch, der Schmerz zitterte in der Dunkelheit, knebelte seinen Laut, um nicht gesehen zu werden, um sich nicht zu entdecken zu geben, denn wenn du für dich allein existierst, lebst du, existierst du für andere – bist du tot.

Einer der Rumänen, der hinters Haus gegangen war, um sich zu übergeben, hatte ihm mit einer Kopfbewegung etwas bedeutet, das er nicht verstand, aber er hatte begriffen, daß dort im Hof hinter der Bar etwas war. Ehe er jedoch hatte fragen können, war der Mann, wieder vom dämmrigen Raum verschluckt, auf seinen Stuhl zurückgeglitten, und es war nicht mehr erkennbar, daß er hinausgegangen und zurückgekommen war und sich wieder hingesetzt hatte. Wer von ihnen war es gewesen, wer von diesen Dummköpfen, die Portugiesen, Türken, Thais, Palästinenser aus Ghaza und Afrikaner waren, denen er aber den Sammelnamen »Rumänen« gegeben hatte, um der Notwendigkeit enthoben zu sein, zwischen ihnen zu unterscheiden, sie zu erkennen. Damit er nicht ein Arschgesicht herausgreifen und sagen müßte, das ist Jehosafat Gordon aus Nigeria, der von den Ölfeldern am großen Nigerdelta hierher gekommen ist und jetzt den Kran auf der Baustelle für das neue Superpharm-Center in Bat Jam bedient. Nein, er versuchte nicht, sie kennenzulernen, mit Gesicht oder Namen, er wollte nicht wissen, ob sie Frau, Mutter oder Kind hatten. Sollten sie von ihm aus alle zusammen und jeder einzeln krepieren, sie waren nicht seine Verantwortung auf dieser Welt, sein Gewissen war rein, er schlief gut in der Nacht, danke vielmals. Wer, wer von ihnen war zu ihm gekommen und hatte ihm den Wink gegeben, nach draußen zu gehen? Er versuchte sich zu erinnern, Gesichter auszumachen, ein Hemd, einen sprechenden Mund, einen Blick, der besagte, dort, dort im Hof. Doch im Raum waren nur wieder Schatten, die Gespenster, die immer an den Wochenenden da waren, die von Schabbat mittag bis zum Ausklang der Nacht zum Sonntag währten. Sie waren ihm nicht gefolgt, als er auf den Hof hinausging, sie brauchten keinen Ärger, was sie nicht wußten, konnte ihnen nicht schaden, ganz im Gegenteil, was sie wußten, führte zu eingeschlagenen Zähnen, Haft, Ausweisung, Verschleppung, Verschwinden, nein, sie brauchten keinen Ärger, sie hatten nichts gesehen und nichts gehört. Vergeblich würde er herauszufinden versuchen, wer ihn in den Hof hinausgeschickt hatte. Sie würden ihn mit dummen Gesichtern anschauen, vielleicht sogar ein bißchen lächeln. Doch, guten Willen hatten sie, aber was sollte man machen, sie hatten nichts gesehen, sie hatten nichts gehört, sie verstanden nicht, was er zu ihnen sagte, er sah doch selbst, daß sie nichtswürdiger als das Unkraut waren.

»Keine Polizei« waren die einzigen Worte, die sie sagte. Sie sah wie eine Thai aus, oder eine Brasilianerin oder Filipina. Als es ihm gelungen war, sie zwischen den Reifen hervorzuziehen und einen Moment auf die Füße zu stellen, bevor sie wieder wie ein nasser Lumpen einknickte, reichte sie ihm kaum bis zur Brust, ein nackter Mädchenkörper, vom Scheitel bis zur Sohle mit Blut und Dreck verkrustet. Dabei war das Meer ganz nah. Man mußte nur den Abhang hinuntergehen, und schon war da dieses Wasser, tosend, tief und verführerisch, Wasser, das alles reinwäscht, sowohl die Wunden als auch die Erinnerungen, das tröstliche Wasser der Sündenentledigung, Taufe und Läuterung, dorthin mußte er ihn bringen, den kleinen Körper, der hier zwischen diese Reifen geworfen worden war. Längst schon hatte er sie loswerden wollen, diese Reifen, seit dem Tag, an dem er hierhergekommen war, er hatte sie überhaupt nicht gewollt. Der Besitzer der Autowerkstatt hatte ihm die Baracke verkauft und versucht, ihm auch die alten Reifen anzudrehen, aber was sollte er damit, er wollte einen Klub hier aufmachen, einen Nachtklub. Die Leute würden kommen, um zu trinken, zu singen, vielleicht zu tanzen, ein Zuhause für eine Stunde, dessen provisorische Zufälligkeit Sicherheit bietet, ein Zufluchtsort, der sich, gleich nachdem man ihn verlassen hat, aus der Erinnerung verflüchtigt, wegbröckelt wie der Kalkstein unterm Hügel, wie die rostigen Ketten am Strand, Spur der Schiffe und Seeleute, die diese Küsten aufgesucht hatten und von denen nur romantische Fotografien geblieben waren, eine existierende Grenze, die von Bestand war zwischen der ältesten und der neuesten Stadt auf der Welt. Im Hinterhof wollte er die Küche bauen, die Toiletten und die Lagerräume, samt einem Zugangsweg für die Lieferanten, damit seine Kundschaft nicht gestört würde. Es endete mit einem Kompromiß auf halbem Wege, er würde die Reifen nicht mitkaufen, aber der Vorbesitzer würde sie auch nicht entsorgen, und so blieb er mit einem Hinterhof voller Altreifen zurück, die nicht einmal jemand stehlen wollte, ohne Küche, Toiletten und nach Aftershave duftenden Gästen, die zum Trinken und Tanzen kamen, dafür aber mit diesen Rumänen, deren einschlägige Nutzungsart seiner Reifen ihn der Notwendigkeit enthob, Toiletten im Hof zu bauen.

Er hatte sie an den Armen festgehalten, damit sie nicht umfiel, bemüht, so weit es ging von ihr Abstand zu halten. Der Gestank, der von ihr aufstieg, vermischte sich mit dem Pißgeruch des Hinterhofs. Früher oder später würde er diese Reifen wegwerfen müssen, bevor die Kontrollbeamten der Stadtverwaltung oder des Gesundheitsamts oder der Polizei kämen. Er zog ihr das blaue Leibchen und die geblümte Hose an, die er zwischen den Reifen gefunden hatte, brachte sie zu seinem Auto und fragte sich, was er mit ihr anfangen sollte. »Keine Polizei« hatte sie gesagt, wie es schon ihre Großmütter, Mütter und Schwestern in Thailand, Brasilien oder auf den Philippinen oder woher auch immer sie kam, gesagt hatten, bloß nicht irgendwo registriert sein, Nicht-Identität als Bürgschaft für Leben, Nicht-Existenz als Existenzgarantie. »Keine Polizei«, das hieß, keine Ambulanzstation, keine erste Hilfe, keine Behandlung und Erholung sowie keine Rache oder Bestrafung. Wenn er sie ins Krankenhaus brächte, wäre auch die

Polizei da, und er würde selbst mit hineingezogen. Würde sie bei ihm zu Hause sterben, wäre auch die Polizei da, und er würde genauso mit hineingezogen. Überall, wo er sie hinbrächte, wäre er es, der sie abgeliefert hätte, die Fäden würden bei ihm zusammenlaufen, bei ihm beginnen und bei ihm enden. Er hätte sie dort im Hinterhof liegenlassen, wie eine streunende Katze krepieren lassen sollen. Was konnte er denn dafür, daß man sie mißhandelt hatte. Noch konnte er sie auf der Straße aussetzen oder vor dem Eingang eines Krankenhauses und verschwinden, zu seiner Bar zurückkehren. Die Polizei würde nicht ein Wort aus seinen Rumänen herausbringen, dessen war er sich sicher, da war ein stinkendes Päckchen, es ist weg, Gott sei Dank sind wir's losgeworden.

Er setzte sie in die Badewanne, spülte sie mit lauwarmem Wasser ab und seifte sie ein, ertränkte sie fast im weißen, duftenden Schaum. Auf dem Kopf, klein wie eine Pampelmuse, befand sich ein Schnitt, der sich vom Ohr zum Nacken hinunterzog, und etwas, ein Flaschenscherben vielleicht, hatte beide Oberschenkel fächerartig zerschnitten. Wie sie am Leben geblieben war, war ihm ein Rätsel. Sie saß schlaff da, mit geschlossenen Augen und offenem Mund, das Gesicht einer Indianerin, und ließ das Wasser über sich strömen, ließ die große Hand sie einseifen, während die Wunden an ihrer Statt schrien. Nach den Worten »keine Polizei« sprach sie nicht mehr, weder in dieser Nacht noch an den darauffolgenden Tagen und Nächten, und er begann zu glauben, daß sie vielleicht auch damals gar nichts gesagt hatte, daß es ihm nur so vorkam, als erinnerte er sich an ihre Stimme, daß diese Stimme eine Wunde wie der Rest ihrer Wunden war, sich ebenso verkrustet hatte und verschwand wie ihre übrigen Wunden, die Narben auf der Schokoladenhaut hinterließen, und vielleicht auch dort, auf den Stimmbändern.

Er legte auf dem Fußboden neben seinem Bett die Ersatzmatratze aus und bezog sie mit einem sauberen Laken, bettete sie darauf und lauschte ihren Atemzügen, schlief ein und wachte immer wieder auf, weil die Anwesenheit der Fremden an seinen Nerven zerrte, fragte sich verwundert, was er tun würde, wenn sie sterben, und was, wenn sie leben würde, haßte die Verwunderung, haßte sich selbst dafür, haßte sie. Er achtete streng darauf, seinen gewohnten Tagesablauf beizubehalten, als existiere sie nicht, als wäre da nicht, direkt neben seinem Bett, eine Matratze, auf der eine verletzte Indianerin Tag für Tag, Nacht für Nacht lag, die in seinem Schlaf atmete, in seinem Wachen, in seinen Fluchten in die Bar und seiner Rückkehr nach Hause, in seinen Gewohnheiten, die er nicht für sie ändern würde. Wer war sie denn, ein kleines Tier, das er auf der Straße gefunden hatte, nachdem wer weiß wer und wie viele Leute es mißhandelt und in seinen Hinterhof geworfen hatten. Niemand vermißte sie, sie war nicht vorhanden, wie die restlichen Pappkartonleute, die Gespenster, die keiner sieht und hört, wie sie in einer Welt, die weder Paradies noch Hölle ist, umhertreiben, lebende Tote, deren ganzes Ziel ein Pita ist, das ihren Körper einen weiteren Tag am Leben hält, noch einen Tag und noch einen, die weder nach Erlösung noch nach einem Grab verlangen, ein Stück Pita und ein weiterer Tag, das ist alles.

In den ersten Tagen wusch er sie und verband ihre Wunden, wechselte die Laken und fütterte sie, hielt mit der einen Hand den Pampelmusenkopf und mit der zweiten das Glas Milch oder Suppe, und danach, als er entdeckte, daß ihre Augen offen waren und ihr Blick ihm folgte, ließ er das Essen auf dem Küchentisch für sie stehen, sollte sie selbst zurechtkommen, die Indianerin, er war nicht ihr Diener. Niemand in der Bar verlor ein Wort über jene Nacht zwischen den Reifen, das Leben hier ging weiter wie zuvor, konturlose Schattenlappen tranken sich ihr Selbst ins Bewußtsein von Samstag auf Sonntag, jeder für sich allein in dieser Asbestruine, die im Sommer glühte und im Winter gefror. Was war es, dieses »Selbst«, gab es in ihrem »Selbst« Erwartung oder Reue, Verzweiflung oder Hoffnung, bevölkerten es Dämonen oder Engel? War sie eine Wiedergeburt der Seelen Toter oder unschuldiger Kinder, was war dieser ganze Mitmensch, mit dem und neben dem man lebte, abgesondert, als lebte dessen »Selbst« eigens auf irgendeiner fernen Insel im Indischen Ozean, Madagaskar oder Mauritius? Was war dieses Andere, das auf der Matratze zu Füßen seines Bettes atmete? Eines Tages würde er jemandem den Kopf spalten, um hineinzuschauen, vielleicht würde er dann endlich wissen, was er nicht wissen wollte. Was hatte er mit ihnen zu tun? Was hatte er mit ihnen gemein!

2

Er seifte sie mit einem weichen Stoffhandschuh ein, den er gekauft hatte, berührte vorsichtig die Schnitte am Kopf und an den Schenkeln, überging die kleinen Brüste, fuhr ganz schnell durch ihren Schritt. Wie eine barmherzige Schwester war er, eine Hand hielt die Brause, spülte den Seifenschaum von ihrem Körper, und die andere strich von oben über ihn, berührte sacht ihre Augen und Stirn, den Pampelmusenkopf, die schmalen Schultern, den zarten Rücken und die Schenkel mit den Fächern, überzogen von dunkel verfärbten Schwellungen und Wunden, die zu vernarben begannen. Ein Kind war sie, ein kleines Mädchen, das sich im Dschungel befand, nachdem sie unter Wölfen gelebt hatte, und er entfernte das Harz der Bäume von ihr, den faulen Geruch der wilden Tiere und den Dreck, der an ihren Knöcheln klebengeblieben war, als sie sich in einer Höhle versteckte. Eines Tages würde er ihr einen Namen geben und sie sprechen lehren. Er wagte nicht daran zu denken, was die Bestien dazu getrieben hatte, sie zu mißhandeln, was sie getan hatte oder nicht, das aus den Aasfressern hatte Menschenfresser werden lassen, wie mit einemmal ihr Wolfstum hervorgebrochen war, die starken Kiefer und scharfen Fänge weit aufgerissen, um Fleischstücke aus ihrem Körper zu reißen, sie mit ihrer Wölfischkeit zu füllen, ein kultisches Opfer, Beschwörung, Magie, das Kompensationsopfer, das auf den Clan oder sie oder beide entfiel, als sie sich von einer Wölfin im Rudel, einem Familienmitglied, zur Schwester von Hasen und Rehen wandelte, zur begehrten Beute, die sich fliehend versteckt und wieder hervorbricht, flüchtig und verlockend, am Ende der Fährte des Jägers. Ob sie die Veränderung spürte, die Dunkelheit fühlte, die sich plötzlich über die Bäume senkte, den Blitz sah, der sie streifte, ob an ihre Ohren das Geräusch ihres leichten, schnellen Laufes drang, ob sie wußte, wie viele es waren, aus welcher Richtung sie kamen und wie sehr es sie nach dem wohligen Gefühl der Schläge gelüstete, die sie ihr versetzen würden, welcher Schauder von Entsetzen und Vergnügen ihre Nerven durchrieselte, als sie das Geräusch splitternder Knochen hörten, während die Hand mit dem Messer ihre Schenkel zerschnitt und sie das Blut strömen sahen, dieser süße Geschmack von Blut in ihren Mündern, dieser süße Geruch nach Blut in ihren Nüstern. Schliefen sie davon gesättigt ein, traumlos unter dem geronnenen Blut auf ihren gelben Pelzen, oder wandten sie sich ab, um sich zu übergeben und sofort wieder daran zu gehen, an demjenigen Rache zu nehmen, der ihnen ein solches Erbrechen verursacht hatte, sich für diese Erniedrigung zu rächen, für die Scham und Demütigung jener, die nicht Herr über ihren Körper sind, gleich ihrem Opfer. Doch sie sind Kräften unterworfen, die stärker sind als sie, was also nützen alle Prügel und Mißhandlungen, sie sind an den Ausgangspunkt zurückgekehrt und werden das Ganze von neuem beginnen müssen. Ja, das ist es, von vorn anfangen. Damit klar wird, wer der Erniedriger ist und wer der Erniedrigte, welchen Händen das Messer gehört und wem das Fleisch, wer der Strafende und wer der Bestrafte ist. Das Erbrechen hat sie preisgegeben, gezeichnet, den Verdacht von Fälschung, Verrat oder Krankheit erregt, Zweifel an der

Reinheit ihres Blutes, ihrer Rasse, ihrer Grausamkeit aufkommen lassen. Wenn sie nicht schleunigst die Fassung wiedererlangten, würden sie sich sehr bald im Graben zusammen mit diesem Wolfsmädchen befinden, das in ihnen eine Reaktion hervorgerufen hatte, die sie nicht erwarteten, eine Reaktion, die wie ein Räuber hinter der Mauer lauerte, und es konnte doch nicht sein, daß sie die Ursache dessen war, was sie fühlten oder nicht. Sie würden sie töten und mit ihr zusammen die Schande, das war es, das war's, jeden, der sie der Freiheit zu berauben versuchte.

Er wickelte sie in ein großes Handtuch ein, das auch ihren Kopf bedeckte, und brachte sie zu seinem Bett. Dort saß sie wartend, bis er ein neues T-Shirt aus dem Schrank geholt und es ihr angezogen hatte, und so, sauber und bekleidet, beförderte er sie auf die Matratze und deckte sie mit einem Bettuch zu, und alles wortlos, kein »dreh dich um« oder »heb die Hände« oder was sonst noch alles. Er wußte nicht, ob sie verstehen würde, was er zu ihr sagte, und er wollte es auch nicht ausprobieren. Sein Schweigen und ihres waren eine Stadt der Zuflucht, in der es eines Tages vielleicht Priester und Leviten, Geständnis und Schwur, Gericht und Begnadigung geben würde, aber noch nicht, noch nicht, er wollte nicht daran denken, was sein würde und was war. Wenn er daran dächte, müßte er zu phantasieren beginnen, und das wollte er nicht. Er versuchte sich ein Leben ohne Phantasien aufzubauen, die Vorstellungskraft war das schwarze Loch, das er umging, denn es enthielt die Unendlichkeit an menschlicher Fähigkeit, weh zu tun und zu zertreten, zu verletzen, zu verachten und keinen Trost zu spenden, und mehr noch, Vergnügen aus diesem Allerbittersten zu ziehen, dessen süßlicher Duft an den zugleich verführerischen und abstoßenden Geruch von Krankheit, Agonie und Tod erinnerte.

Samstags brach er immer um neun Uhr morgens zu seiner Bar auf. Die armen Dummköpfe waren schon da, spielten Fußball auf der versengten Wiese im Charles-Clore-Park. Wer nicht spielte, trank Bier. Sie gingen in der Bar aus und ein, als wäre es ihr Heimathafen, eine Demarkationslinie, die Anfang oder Ende von etwas absteckte und eine Art individuelle Ordnung in das Treiben im Raum und die Herde brachte. Hier beginne ich, noch bin ich mein eigener Herr, Herr meiner Zeit, meiner Wünsche und meines Körpers, und ich habe gewählt, habe mir diesen Augenblick ausgesucht, um mich von der Gruppe zu trennen und in die Bar hineinzugehen, ich habe diesen Augenblick gewählt, um ein Bier zu trinken, ich, ich, ich selbst.

Er parkte das Auto auf dem Platz vor der Bar. Am Samstag morgen gab es hier noch weniger Autos als an Werktagen, aber gegen Abend, wenn die Luft sich abkühlte, würden die Tische und Plastikstühle kommen, Grillspieße und Gitarren, Kassettenrekorder und Tamburins. Vergangenen Schabbat war ein Streit wegen eines Grillgeräts ausgebrochen, weil der Wind den Rauch auf den Picknicktisch einer Familie mit alten Frauen und Babys zugeblasen hatte, und nach Geschrei und Drohungen stach der Familienvater den Besitzer dieses Grills in den Rücken und die Brust. Seine Rumänen, erfahrene Füchse, die sie waren, saßen noch vor dem ersten Schrei in der Bar. Sie sahen nichts, hörten nichts, wußten nichts, eine ganze Menge guter Wille, aber was soll man machen, wirklich schade, sie sind eben dumm, da, nicht einmal die Fragen verstehen sie.

Der Himmel strahlte in hellem Blaßblau, fast weißlich vor Sonnenglut, und der leichte Wind, der vom Meer her blies, konnte die Hitze nicht lindern. Auf den Kalksteinfelsbrocken saßen die Angler, einige von ihnen erkannte er bereits, sogar aus dieser Entfernung. Immer waren einer oder zwei seiner Rumänen darunter. Am Nachmittag, wenn die Brise aufkam, brieten sie die Fische, die sie geangelt hatten, und aßen sie mit dem Pita, das der Junge aus der Bäckerei brachte, bräunten dazu Zwiebeln über dem offenen Feuer und holten sich Bier aus der Bar.

Er machte sich einen starken Kaffee, trank ihn langsam und starrte ins Dämmerlicht der großen Baracke. Der säuerliche Geruch der Ströme von Bier, die in diesem Raum geflossen und von Wänden und Mobiliar aufgesaugt worden waren, stach ihm in die Nase. Auch heute hatte er der Indianerin einen Teller Essen auf dem Küchentisch zurückgelassen, in der Hoffnung, der Hunger würde sie von der Matratze hochtreiben, und er würde in der Nacht heimkommen und entdecken, daß der Teller leer war. Es war nicht gut, wie sie Tag für Tag, Nacht für Nacht so dalag, sogar ein Kissen lüftet man hin und wieder, klopft es aus und legt es übers Fensterbrett in Luft und Sonne. Wenn er gegen Morgen zurückkehrte, fand er das Essen immer noch auf dem Tisch, und er warf es weg, ohne ein Wort. Gestern hatte er wieder einen Teller auf den Tisch gestellt, genau wie heute, würde er das auch morgen, übermorgen und überübermorgen tun? Er wußte, daß die Muskeln unter der braunen Haut zu erstarken begannen, der schwarze Haarflaum um die Kopfwunde allmählich nachwuchs und die abgebrochenen Nägel an ihren Kinderfingern wieder länger wurden, daß der Schrei in ihrer Kehle nach und nach erstarb und die Szenen verblichen. Er war dort, er war dort gewesen, an dem Ort, an dem sie sich befand, und wußte, daß eines Tages kein Teller mehr auf dem Tisch und auch kein Geschirr mehr im Spülbecken stehen würde, daß die Jalousien hochgezogen wären und das Licht des Tageshimmels, unschuldig blau, ihre Augen überfluten und sie nicht verstehen würde, genausowenig wie er, wie die Sonne weiter scheinen konnte, die Bäume austreiben und die Menschen auf der Straße gehen, als sei nichts geschehen, als seien ihr nicht direkt neben ihnen, vor ihren Augen, die Eingeweide herausgerissen worden. Woher nahm die Welt diese Kraft, sich durch Blut, Demütigung und Sünde zu erneuern, oder sollte das etwa der Dünger sein, der sie jedes Mal aufs neue belebte. Er spürte ihre Krusten auf seiner Haut, in seinen Armen und Beinen fühlte er ihre erstarkenden Muskeln. In seinem Kopf, wie eine Spiegelung im Schädelinneren, empfand er ihre Lust, die Augen zur Welt zu öffnen, die Umgebung aufzunehmen und sich zu erinnern, den Haß auf den zum Leben erwachenden Körper und die Verzweiflung, die dem Begreifen entsprangen, daß sie noch immer hier war. Und wie es war, würde es auch in Zukunft sein, solange ihre Nase noch Luft atmete, gäbe es weder Zuflucht noch Erlösung, nicht von sich selbst noch von der Welt. Er war dort, er war dort gewesen, an dem Ort, wo das Böse absolut ist, pure Essenz von unverfälschtem, direktem Bösen, das nicht als Folge eines Geschehens geboren wird und einen Zweck verfolgt, sondern für sich allein existiert, bestechend wie ein juwelenbesetztes Schwert im Museum. Er zürnte der Kindfrau, die wie eine Lumpenpuppe auf seiner Matratze in seinem Haus lag, sich nicht rührte noch regte. Es machte ihn wütend, daß sie ihn zwang, über sie nachzudenken, auch wenn er nicht an ihrer Seite war, sich zu fragen, ob sie wohl Schmerzen hatte und wie stark, ob sie aufstand, wenn er nicht da war und es nicht sah, auf ihren Atem zu lauschen, wenn er dann zu Hause war zuzuschauen, wie das Laken über ihrem Körper leicht flatterte, sich zu überlegen, wie lange sie so daliegen könnte, ohne zu essen und zu trinken, und was sie eigentlich wollte, wer sie war und woher sie kam, und ob sie Familie, einen Namen hatte und wie er lautete, ob jemand sie vermißte, Mann, Freund, Schwester, Arbeitgeber, es fehlte ihm gerade noch, daß sie bei ihm zu Hause starb. Nein, sie würde nicht sterben, sie war jung und stark, so wie er damals, und wenn sie wieder auf die Beine käme, dann, dann, was würde er dann tun? Sie auf die Straße werfen, damit ihr wieder das Gleiche zustieß, was ihr schon einmal passiert war? Einen ausgezeichneten Geruchssinn hatten sie, die Wölfe, und sie vermochten den süßen Geruch des Opfers aus allen Gerüchen, die an ihre Nüstern drangen, herauszufiltern. Er wollte nicht über sie nachdenken.

Als er vom Auto zur Bar ging, blickte er zum Hügel jenseits des Parkplatzes hinüber und sah, daß das Spiel der Rumänen heute nach anderen Regeln als bisher immer ablief: Es gab einen Schiedsrichter, der eine Trillerpfeife an einer Schnur um seinen Hals hängen hatte, was beides eine Neuerung war, sowohl der Schiedsrichter als auch die Trillerpfeife. Und es gab zwei gegnerische Gruppen, ebenfalls eine Neuerung. Bisher waren alle gemeinsam dem Ball hinterhergerannt, alle Verteidiger und Stürmer zugleich, und alle zusammen liefen sie auf das Tor zu, das durch ein Hemd im Gras markiert war. Und wer müde wurde oder einfach ausspannen wollte, gesellte sich zum »Publikum« und verfolgte das Spiel mit einem Bier, das er sich in der Bar holte, und wenn er es ausgetrunken hatte, ging er sich noch eines holen, und wenn das Spiel zu Ende war, gingen sie alle in die dunkle, kühle Bar, und wer ein Tor geschossen hatte, bekam von den übrigen Spielern ein Bier spendiert, und alle tranken ihr Bier, schwitzend und schnaufend mit ihrem schnellen, heißen Hundehecheln. Einer machte einen Scherz, und jemand klopfte einem auf die Schulter, und das Bier kühlte die Begeisterung ab, denn sie tat nicht gut, erinnerte an vergessene Begeisterungen, Freunde im Hof, Kindergeschrei und Sand unter den Fußsohlen, Schweiß, der in erhitzte Augen tropfte, und unwidersprochene Sicherheit in der

Ewigkeit einer Welt, an die man sich erst erinnert, wenn sie zerfallen und verflogen ist. Oh, das unausgesprochene Versprechen, das auch den Wolfsjungen in ihrer Höhle gegeben wurde, während Vater das Territorium markierte und Mutter sie säugte, das warme, feuchte Halbdunkel des großen Körpers, der den kleinen Körper vor Regen und Wind und den großen Raubtieren behütet, die noch die Masken nicht vom Gesicht genommen haben, oh, das Versprechen, das Versprechen. In der Welt jenes Versprechens waren diese Trillerpfeife des Schiedsrichters, die beiden Gruppen, die Tore und Torwarte geboren worden, in einer Welt des Rechts, der Ordnung und Gerechtigkeit. Die Naturgesetze wollten sie ändern, die armen Dummköpfe.

An den Platzenden stand das »Publikum«, etwa zwanzig Männer, im Glanz der strahlenden Morgensonne und begleitete aufgeregt die zweiundzwanzig Spieler auf dem Platz. Sie wagten nicht zu schreien, die Fäuste im Mund vor Spannung, sprangen in die Luft, bedeckten die Augen, schlugen sich auf den Kopf, ein Publikum von Schweigern, das fürchtete, den Mund aufzumachen, sogar wenn es einen verletzten Menschen mitten in der Nacht im Hinterhof fand, bloß nicht bemerkt werden, denn würde man wahrgenommen, würde man vertilgt werden, auch wenn man nicht mehr getan hatte, als vor lauter Freude über ein Tor in die Luft zu springen, das auf einem kleinen Hügel mit sonnenverbranntem Gras am Meer geschossen worden war. Wie und wann hatten sie diese Spieler ausgewählt, aus der gesichtslosen Masse herausgezogen, die hier samstags wie ein Mann auf das Tor, das Hemd im Gras, losrannte, und wie und wann hatten sie beschlossen, diesem Menschen die Rolle des Schiedsrichters zu übertragen? Er hatte ihn sehen können, als er den Pfad passierte, er hatte nichts an sich, was ihn von den anderen unterschieden hätte: mittelgroß, mager und stark wie alle, schmutzige

Turnschuhe an den Füßen, wie alle, zu kurze Hosen und ein T-Shirt, das von dunklen Schweißflecken verfärbt war, er hätte gleichermaßen im »Publikum« wie »Schiedsrichter« sein können, und trotzdem hatte er etwas, das ihn vom Rest unterschied und anders machte, als würdig heraushob. Was? Was war es? Er war etwa fünfunddreißig, unrasiert, tief schwarze Augen in einem sonnenverbrannten Gesicht, und hellbraunes Haar, das aus dieser Entfernung mehlig aussah, aber sie hatten alle mehliges Haar, auch an ihrem Ruhetag gelang es ihnen nicht, den Baustellenstaub herauszuspülen. Er rannte zwischen den Spielern, streckte seinen Arm mit der erhobenen Schiedsrichterhand aus, pfiff und signalisierte, ob ein Verstoß oder Abseits vorlag. Woher war dieser Schiedsrichter plötzlich aus dem Boden geschossen, nach welchem Auswahlprozeß, wie waren die Spielregeln und die Akzeptanz des Urteils jenes einzelnen bestimmt worden, den man zum Schiedsrichter geweiht hatte, damit er ihre Schritte, ihren Willen und ihre Freiheit begrenzte? Deswegen fanden sie sich doch schließlich hier ein, damit niemand, wenigstens ein Mal in der Woche, von Freitag abend bis Sonntag frühmorgens, ihre Schritte beschnitt, ihre Wünsche und ihre Freiheit, diese erbeutete Freiheit, die sie für sich selbst requirierten, aus der Flutwelle von Ausbeutung und Mißhandlung, die sie die ganze Woche, das ganze Jahr, das ganze Leben lang ertränkte. Was war mit den armen Dummköpfen passiert, daß sie beschlossen hatten, sich selbst eine Grenze und einen Wächter darüber zu setzen, und was war eigentlich mit ihm los, daß ihn das überhaupt kümmerte? Was kümmerte es ihn denn, wie sie dort übers vertrocknete, heiße Gras rannten, ob mit Schiedsrichter oder ohne, der Zweck des Lebens, das er sich selbst eingerichtet hatte, war doch, sich solche Gedanken über die Wahl, die Menschen trafen, zu ersparen, und Tag für Tag sein Leben zu leben, ohne Schaden oder Nutzen anzurichten, keinerlei Beziehungen zu knüpfen, die hohe, starke Welle vorüberrollen lassen, die die Augen mit ihrer Kraft und Salzigkeit überschwemmte. Nach ihr würde eine andere, nicht weniger stark und salzig, kommen, die keiner Welle je gleichen würde, eine Welle ohne Ziel oder Absicht und ohne Erkennungsmerkmale, denn sie war existent und aufgelöst zur gleichen Zeit. Nur an einem Ort nämlich, an dem es Erkennen, Ziel und Absicht gibt, existiert auch das Böse, in dessen Reich das Böse eine ansteckende Krankheit ist, die wiederum Böses gebiert, wogegen der Welle nichts Böses innewohnt. Seine Rumänen kamen dieser Welle am ehesten gleich. Er wollte weder ein Gerechter noch ein Schurke sein, er wollte sein Leben im exterritorialen Gewässer des Lebens zubringen, der Guru und der Shanti auf den Gipfeln des Himalaja sein, der in ihm selbst lag, ein Ort, wo die Luft dünn und die Landschaft weiß und unendlich war. Er wollte sein, ohne erreicht zu werden oder zu erreichen, leer und leerer werden, nach nichts streben, nach dem Nichts, die drei Affen in einer Person, die zunehmend entleert auf das Karma im Nichtsein zuschreitet. Und da taucht dieser Schiedsrichter mit seiner Trillerpfeife auf, wird vom Rest dazu auserwählt, und nötigt ihn dazu, seinen Mitmenschen wahrzunehmen. Und zu Hause hat er eine Indianerin, die ihn dazu zwingt, das Bettzeug zu wechseln, ein Omelett zuzubereiten und sich den Kopf zu zerbrechen, wie er sie zum Aufstehen bewegen könnte. Es war ein langer Weg gewesen, bis er seinen Himalaja erreicht hatte und endlich den Berg hinaufstieg, hoch und höher, immer weiter, und zu vorgesehener Zeit würde der eine Tag kommen, den er weder herbeisehnte noch fürchtete, an dem er nicht weiter hinaufsteigen und nicht mehr weitergehen würde, zur Gänze ein Stein, der am Wegesrand dahinrollt und bis ans Ende aller Zeiten dort liegenbleibt.

3

Als er am Mittag erwachte und die Augen aufschlug, entdeckte er, daß sie das blaue Leibchen und die geblümte Hose trug. Sie lag mit geschlossenen Augen auf der Matratze, und er fragte sich, ob sie schlief. Sie mußte aufgestanden sein, während er geschlafen hatte, ihre Kleider aus dem Schrank geholt haben, die, die er in jener Nacht zwischen den Reifen gefunden hatte, und sie angezogen haben. Diese Kleidungsstücke brannten mit dem Feuer der Hölle in dem Schrank: Sooft er sie auch wusch, tauchten neue Flecken auf, neue brandige Verfärbungen, neue Risse, Andenken an das, was gewesen war und vielleicht wieder sein würde, niemand garantiert uns, daß es nicht wieder geschehen wird. Die Dschinnen, die Teufel, die Todesengel, böse Geister, die ihr Werk nicht beendet hatten und zurückkehren würden, ungesehen, um zu vollenden, was sie begonnen. Er hatte die Kleider nicht aus dem Schrank geholt, um sie nicht daran zu erinnern, daß das Feuer der Hölle direkt neben ihr weiterbrannte, daß die Teufel hinter den geschlossenen Schranktüren auf sie lauerten und erst rasten und ruhen würden, nachdem sie wieder stark und gesund wäre, keinen Tag früher. Er hatte sich die Fingerknöchel wundgescheuert, als er ihre Kleider wusch, die Blutflecken bearbeitete, Spermaspuren, er rieb und rieb. Ihm selbst würde letzten Endes nichts passieren, was sollten ihm ihre Kleider schon antun, ihre bösen Geister waren die ihren und seine die seinen. Er hatte die Kleider nicht weggeworfen, denn er wollte nicht über das Schicksal von Dingen entscheiden, die nicht ihm gehörten, Menschenleben oder Kleiderleben, nicht an einen Menschen oder ein Kleidungsstück rühren, das nicht sein war, sein Leben wie ein schweigsamer Mönch auf dem Gipfel des Himalaja verbringen, ohne jedoch einer zu werden, denn sich in einen schweigsamen Mönch auf dem Gipfel des Himalaja zu verwandeln hieß, etwas wollen, und er wollte nichts wollen, keinen Gipfel, keinen Menschen, kein Kleidungsstück.

Wieder hatte er jenen Traum, den er immer in der Früh träumte. Er rennt durch die schmale Gasse, die Augen auf den Rücken des Jungen im Coca-Cola-Hemd geheftet, den Finger am Abzug, tritt auf den Petroleumkocher der alten Frau, die darübergebeugt dahockt, um ihn in Gang zu setzen, und das mit einem Schlag entfachte Feuer verwandelt die Alte in einen lodernden Flammenhaufen, wie ein dickes Huhn mit geplusterter Flügeln hüpft sie schreiend herum, und er, er ist das Küken unter ihrem Gefieder, eine Glucke und ein Kükenjunges gehen in Flammen auf. Und mit einemmal die ganzen Frauen und Kinder, dieses Geschrei und Geheul, die Schläge mit den Decken und Mänteln, die auf die Alte und ihr Küken niederprasseln, damit sie zu brennen aufhören, und der blendende Schmerz, gemischt mit der Wut darüber, daß er hier in dieser engen Sandgasse festsitzt, zwischen all diesen brüllenden Leuten, während der Coca-Cola-Junge ihm entwischt ist. Der Junge mit dem Stein, er hat ihn gesehen, ihn erkannt, er wollte ihn töten. Das war der Junge, den er für sich vorgemerkt hat, der Junge, den er töten wollte, der Junge mit dem Stein und dem Coca-Cola auf dem Hemd und dem Lachen im Gesicht. Die anderen funkelten vor Haß, doch dieser Junge lachte, es war ein Spiel, die Steine, diese Jagd durch die Gassen, die Plastiksandalen stoben über die Sandwege zwischen den Hühnern, der Wäsche und den Plastikkübeln hindurch, und verschwunden war er, der Junge mit dem Lachen im Gesicht, verschluckt am Ende der Straße, und er steckte plötzlich unter den Flügeln der Alten fest, ging mit ihr zusammen in Flammen auf, und die Nachbarn schrien. Jemand trat ihm ins Gesicht, und etwas überströmte seine Augen, Blut, Schweiß und Dreck. Jemand nahm ihm die Waffe aus der Hand und prügelte auf den verbrannten Rücken ein, und als er in die Knie brach, schlug dieser jemand auch auf seinen Kopf ein, und er hörte, hörte tatsächlich, wie der Knochen in seinem Kopf splitterte, spürte, wie der Urin seine Hosen näßte, und dachte, mein Junge ist weg, er ist mir entwischt, gut gut gut, mein Junge ist weg, und erbrach sich in den Sand, während sie ihn in die Rippen, die Beine und den Rücken traten, der nicht mehr in Flammen stand, sein Gesicht in Erbrochenem und Blut. Und er dachte, der Junge ist weg, der Junge ist weg, gut gut gut, wartete auf die Bewußtlosigkeit, den Tod, die Erlösung, und dann waren die Schüsse am Ende der Gasse zu hören, und seine Kameraden, die Freunde, die wie eine gute Mutter zu seiner Rettung herbeigeeilt kamen, seine Kameraden schossen ihn in den Bauch, und er wollte schreien, »Nicht schießen! Ich bin's!«, doch kein Ton drang aus seinem weit aufgerissenen Mund.

An dieser Stelle erwachte er immer, umnebelt vom Geruch nach verbranntem Menschenfleisch, und im Mund den süßen, brechreizerregenden Blutgeschmack.

In dem einen Jahr, wo er im Krankenhaus lag, kämpfte sein Körper ohne ihn, wuchs ohne ihn zusammen, heilte ohne ihn die Verbrennungen am Rücken, den Darmriß, die Brüche im Kopf, an den Rippen und Beinen, den Schnitt in der Augenhornhaut. Der junge, starke Körper erschuf sich eigenständig von neuem, während er selbst in seiner Höhle im ewigen Schnee der tibetanischen Hochebene lebte. Die darüberliegenden Felsmassive schützten die Höhle vor Wind, Regen und Sturm, vor dem wilden Jak, Esel und Pferd, vor Donner, Blitz und Erdbeben. Die Dunkelheit im Inneren war Speis und Trank, wiegte ihn wie einen Säugling, das Gesicht im Rückensack der Mutter geborgen, die schwarze Jakwolle hüllte ihn in eine vor- und rückwärtsgewandte Dunkelheit ohne Raum und Zeit, die nichts verlangte und nichts erwartete und die Grund und Zweck des Mannes war, der in den zusammenwachsenden Knochen kauerte, der Mensch und die Höhle und die Dunkelheit, der einzig verbliebene Zweck: Mensch, Höhle, Dunkelheit.

Er sah, hörte und verstand alles, erinnerte sich an alles. Auch als sie ihn in das psychiatrische Krankenhaus verlegten mitsamt den stimulierenden und den narkotisierenden Medikamenten, sah, hörte und verstand er alles, erinnerte sich an alles, Dreizahl gegenüber Dreizahl: Coca-Cola-Junge, brennende Hühner, Kugel im Bauch, und dem gegenüber die Höhle, die Dunkelheit und der sich zusammenfügende Mann. Es war ein neuer Mann innerhalb des alten, der wie ein Geigerzähler des Leidens jede Verletzung, offen oder verborgen, absorbierte, jeden mit zugenähten Lippen unterdrückten Schrei, jede Furcht, die die Knochen erschauern ließ. Denn dieses ganze Leid, das auf der Welt einherwandelt, das suchte ihn nun und folgte ihm wie ein Hund der Fährte des Geruchs. Wie lange würde er fortfahren, den gesamten Schmerz dieser Welt zu speichern, der seinen Geigerzähler ausschlagen ließ, sein Erbarmen mußte einen festen Boden erhalten, sonst würde es ihn ersäufen, und wer würde dann die Verletzungen registrieren? Es kam ja nicht per Zufall zu ihm, dieses ganze Leid, niemand hörte es außer ihm.

Nach einem Jahr entließen sie ihn auch dort, da sie nicht wußten, was sie mit ihm machen sollten. Er hatte einen jungen, gesunden Körper, seine Sinne funktionierten, er antwortete vernünftig, wenn man zu ihm sprach, tat weder sich noch anderen etwas zuleide, lag still da und lauschte zutiefst konzentriert den riesigen Bronzehörnern der Mönche, die ganz sacht und leise ihren Schall erklingen ließen, ihre Fanfaren des Endes der Welt. Lauschte den Glocken, Zimbeln, Gongs und den Trommeln, den bösen Geistern, die vor diesen bedrohlichen Klängen flohen, die den aus menschlichen Röhrenknochen gefertigten Flöten entstiegen, den Geistern der toten Lamapriester, die in den jungen Mönchen, den Knaben mit der glänzenden Pergamenthaut, wiedergeboren waren. Er war bereit und willens, in alle Ewigkeit hier zu liegen und ihnen zuzuhören, wenn sie nur fortfuhren, nur fortfuhren, die Schmerzensschreie zu dämpfen, die seinen Geigerzähler ausschlagen ließen.

Sie deuteten ihm an, die gelben Hüte, daß sie bereit waren, ihn in ihre Reihen aufzunehmen, er war einer der ihren, ein Mitglied des Ordens, sie wußten, daß er sie hörte. Er sog in seine Lungen die dünne Luft der hohen Gipfel ein, trank das salzige Wasser, das sie aus den düsteren Seen, den höchstgelegenen der Welt, tranken. Alles, was er zu tun hatte, war blinzeln, und sie würden verstehen. Doch blinzeln war wollen, und wollen hieß dazugehören, und dazugehören, das bedeutete einen Jungen im Coca-Cola-Hemd und ein verbranntes Huhn über dem Petroleumkocher. Und das Ziel, das letztendliche Ziel war doch ein Mann in einer dunklen Höhle, der nichts hörte, nichts sah und nichts wußte.

Er war dort gewesen, an dem Ort, an dem sie sich befand, aber jetzt hatte sie das blaue Leibchen und die geblümte Hose an. Sie war von der Matratze aufgestanden, während er schlief, und hatte ihre Kleider gesucht, hatte den Schrank geöffnet, sie gefunden und angezogen, nicht an die Teufel und Geister gedacht, die im dunklen Schrank lauerten und genau darauf gewartet hatten, daß sie etwas wollen würde, aufstehen und es sich nehmen würde. Denn das ist es, was am Ende geschieht, plötzlich will man etwas. Bei ihr waren es die Kleider, während es bei ihm ein Mann gewesen war, der mitten in der Nacht auf der Straße gesungen hatte. Drei oder vier Uhr morgens, und draußen auf der Straße sang jemand aus vollem Herzen. Kehrte von der Arbeit, seiner Liebsten oder Freunden zurück, ging die schlafende Straße entlang und sang. Er stand vom Bett auf, ohne darüber nachzudenken, welchen ungeheuren Schritt er damit tat, trat ans Fenster, blickte hinaus und sah einen Mann um die vierzig, mit seitlich ausgebreiteten Armen wie ein Opernsänger auf der Bühne, der sich vor jedem parkenden Auto, an dem er vorbeiging, verbeugte und aus vollem Halse mit glückstrahlendem Gesicht sang. Er stand am Fenster und schaute dem Mann zu, bis er um die Ecke verschwand, wobei sein Lied immer noch zu hören war, und erst, als auch nicht mehr der leiseste Hauch eines Echos widerhallte, entdeckte er, daß er sich vom Bett erhoben hatte und am Fenster stand, weil er etwas gewollt hatte: sehen, wer da auf der Straße sang.

Ihre Haut hatte die Farbe portugiesischer Prinzessinnen oder andalusischer Zigeunerinnen, glänzend gebräunt, wie die Pflaumenhaut der Kinder, die den ganzen Sommer auf der Straße herumrannten. Ihre Wimpern warfen einen violetten Schatten auf die Mulden unter den ruhenden Lidern, wie ein Säugling, der nach all dem noch sprach- und wortlosen Weinen eingeschlummert ist. Ihre Nase war römisch, lang und gerade, und nur die verbreiterten Nasenflügel wiesen in andere Ozeane, die Antillen, Azoren oder Kanarischen Inseln, vielleicht Haiti oder Jamaica. Das schwarz schimmernde Haar fiel über die Stirn, entblößte wie eine eingetrocknete Fruchtschale die verkrustete Wunde auf dem Kopf. Die geblümte Hose reichte bis zu den Knöcheln, ihre Zehen ruhten aneinander, der Fußknöchel ragte dünn und zerbrechlich aus dem Unterbein. Sie hatte diese kleinen Brüste der Japanerinnen oder Chinesinnen, und durch den blauen Stoff des Leibchens konnte man die Brustwarzen sehen. Ausgerechnet jetzt, wo sie angezogen war, spürte er auf der Haut seiner Handteller ihren mit Seifenschaum bedeckten Körper, das Wasser, das zwischen seinen Fingern durchrann, die über die Wölbungen der Rückenmuskeln, des Gesäßes und der Oberschenkel glitten. Er wußte nicht, was sie dazu bewegt hatte, ihre Kleider anzuziehen, und er wollte auch nicht darüber nachdenken. Wenn er damit anfinge, würde sein Tibet zerbröckeln. Er hatte gedacht, sein Tibet wäre auch ihres, doch es stellte sich heraus, daß dem nicht so war. Sie wollte etwas, stand auf und nahm, was sie wollte, und hatte überhaupt nicht daran gedacht, daß das der Anfang vom Ende war, daß sich ihre Wege von hier ab trennen würden, daß sie in der Welt der Menschen lebte, die Dinge wollten, und nicht in seiner Welt, in der es nur eine Höhle auf einem hohen Berg, dünne Luft und die Klänge der Hörner der gelben Mönche gab.

Wieder ließ er ihr das Essen auf dem Küchentisch zurück. Wenn sie die Kraft hatte, von der Matratze aufzustehen, im Schrank ihre Kleider zu suchen und anzuziehen, dann hätte sie auch die Kraft, in die Küche zu gehen, sich an den Tisch zu setzen und wie ein Mensch zu essen.

Gestern hatte er in seiner Bar gesessen mit den Rumänen, hatte ins Halbdämmer gestarrt, und hin und wieder, wie eine kleine flüchtige Wolke am Himmel, hatte ihn der Gedanke gestreift, ob sie wohl gegessen hatte, was er ihr hingestellt hatte, und was wäre, wenn er auch diesmal entdeckte, daß sie nichts gegessen hatte, was sollte er dann tun. Danach ärgerte er sich über diese Gedanken und verscheuchte sie aus seinem Kopf. Das fehlte ihm noch, daß er anfinge, sich darum zu sorgen, ob sie aß oder nicht, von ihm aus konnte sie ruhig sterben. Wenn sie nicht gesagt hätte »keine Polizei«, wäre er bereits sicher, daß sie stumm war, aber sie hatte gesprochen und war danach in ihre Höhle gegangen. Er fragte sich, ob auch sie Mönche hatte, vielleicht trugen ihre rote Hüte, nicht gelbe wie seine, und redeten in einer Sprache, die sie verstand und er nicht. Doch er wollte sie nicht sehen, nicht hören, wollte nicht, daß sie ihm davon erzählte, besser, sie schwieg. Den ganzen Tag hatte sie ihm verdorben mit ihrer Blümchenhose und ihrem blauen Leibchen. Jetzt würde er nur ständig darüber nachdenken, warum sie diese Kleidungsstücke angezogen hatte, was sie veranlaßt hatte, aufzustehen und sie anzuziehen, und was sie überhaupt im Haus machte, wenn er sich in der Bar befand. Ob sie in der Wohnung herumwanderte, Türen und Schränke öffnete, seine Sachen berührte. Vielleicht ging sie ja sogar hinaus, auf der Straße spazieren, traf Freunde, redete, lachte, und danach kehrte sie zurück, legte sich wie eine Lumpenpuppe hin, ließ zu, daß er sie wusch, sie ankleidete, ihr weh tat, sie hungern und sich quälen ließ, einen Sklaven hatte sie aus ihm gemacht. Wenn das Essen immer noch auf dem Küchentisch stand, wenn er aus der Bar zurückkäme, würde er ihr kein Essen mehr zubereiten. Wenn sie imstande war, vom Bett aufzustehen und auf der Straße herumzulaufen, sollte sie sich selbst etwas zu essen machen. Rote Hüte sind rote Hüte, und gelbe Hüte sind gelbe.

Die Luft war bereits feucht und säuerlich, der Geruch nach Bier und Schweiß irritierte seine Nase. Die Hände blieben auf der Thekenfläche kleben, und er wischte sie an einem Handtuch ab. Die Nigerianer brachen wegen irgend etwas in Gelächter aus, und er dachte, lacht, lacht nur, ihr dummen Esel. Die Rumänen spielten Domino, die müden Köpfe in die aufgestützten Hände gebettet, Schweiß rann ihnen über die Augen. Wer, wer in diesem Raum hatte ihn bloß hinausgerufen zu den Reifen? Einer von ihnen war der Bote gewesen. Ein Mensch, der einen anderen Menschen dazu brachte, etwas zu tun, war immer ein Botschafter, ein böser Geist, der auf der Welt herumwanderte und etwas nachzuholen suchte, was er während seines Lebens auf dieser Welt versäumt hatte: Schuld, Rache, Paarung, Niederlage. Wer von ihnen war der Botschafter? Und warum war er zu ihm gekommen? Weshalb hatte man gerade ihn ausgesucht? Weil er der tibetanische Geigerzähler des Leids war? Nein, sie konnten nichts von seinem Tibet wissen, von den gelben Hüten und den Knochenflöten, er sprach mit keinem Menschen darüber, sie waren sein kostbares Geheimnis, das er in der Höhle seines Lebens versteckte. Und wenn jemand von diesen geheimen Schätzen erfahren hätte und die Indianerin nur eine Spionin war, die in sein Himalajagebirge geschickt worden war, um sie zu stehlen? Wer? Wer von ihnen hatte ihm bedeutet, in den Hinterhof hinauszugehen, wer hatte ihn zu den Reifen gezogen, wer, wer war der Botschafter? Um das herauszufinden, müßte er sie so lange anschauen, bis er sie voneinander unterscheiden könnte. Ob es das war, was sie wollten? Hatten sie ihm die Indianerin zwischen die Reifen geschleust, damit er anfinge, sie anzusehen? Mit den Rumänen leben hieß, allein leben, unzugänglich und erhaben, eine Steinskulptur auf einem Berggipfel, das war das Ziel. Er würde sich von ihnen sein Ziel nicht verderben lassen. Die Biere brachten ihm das erforderliche Geld ein, damit er von niemandem abhängig sein mußte, Brot und Käse kaufen, die Miete für sein Haus an der Mündung des Jarkon zahlen konnte, mit der Waschmaschine, dem Kühlschrank und der Klimaanlage, die die Stille mit leisem

Summen erfüllten, die Stille, die das Kostbarste in seinem Leben war, die Stille, in die hinein die tibetanischen Hörner und die Röhrenknochen klangen, die Stille, die sich mit den Stimmen füllte, die er sich wählte, die niemand außer ihm entstehen lassen oder dirigieren konnte.

Jene Frau, seine Mutter, war es gewesen, die dieses Haus für ihn gefunden hatte, ein verlassenes, allein stehendes Steinhaus zwischen wucherndem Unkraut und trockenem Dornengestrüpp und einem abgestorbenen Eukalyptusbaum am Wasser. Wenn die Sonne schien, flimmerte das Grün des trüben Wassers auf den Steinmauern, und in der Nacht schrien hier die Wasservögel. Wenn du je hierher kommst, verschwinde ich für immer und ewig, hatte er zu ihr gesagt. Also kam sie nicht.

Als sie neben ihm im Krankenhaus gesessen hatte, hörte er das Blut aus den Wunden in ihrem Körper herausspritzen, sah die Wände sich spalten von den Schreien, die sie nicht schrie, und tastete nach den von Qualen zerrissenen Laken, wenn die Tränen, die sie nicht vergoß, zu siedendem Quecksilber in ihren Augen wurden. Die Schwestern und Ärzte baten sie damals, nicht mehr zu kommen, da er sonst nicht gesund werden würde. Der ganze Heilungsprozeß zerrann ihnen zwischen den Fingern, jedes Mal, wenn sie kam, und sie wollte doch, daß er wieder gesund würde, nicht wahr? Nicht wahr? Und dieses klein bißchen für ihn zu tun, dazu wäre sie doch bereit, nicht wahr? Nicht wahr?

Als er aus dem Krankenhaus kam, fand diese Frau, seine Mutter, also dieses Haus für ihn und entschwand. Doch obwohl sie sich vor ihm verbarg, hörte er immer noch ihren Schmerz, ihr untröstliches Leid. Es kam zu ihm, wenn er es nicht erwartete, wie ein Freund, der einem überraschend auf die Schulter klopft.

Und jetzt lag dieses Mädchen, das die geblümte Hose und das blaue Leibchen angezogen hatte, mit jungfräulichen Fußsohlen auf seiner Matratze, und einer von den Rumänen wußte von ihr und von ihm, nur er wußte nicht, wer von ihnen. Er durfte die Rumänen nicht anschauen. Wenn er beginnen würde, sie sich anzusehen, würden sie ihm nach Hause folgen und ihm sein Tibet stehlen. Sie waren Möbelstücke, die dummen Rumänen, vom Bierdunst verrottete Holztische und schwitzende Wände, Münzen, die ihren Weg in seine Kasse fanden, ohne Absender, die säuerliche Luft im Raum, sie waren nichts, rein gar nichts, er durfte sie nicht anschauen, denn wenn er es täte, würden sie seine gelben Mönche umbringen, die ihn des Nachts vor dem Coca-Cola-Jungen, dem verbrannten Huhn und dem Geigerzähler behüteten.

4

Als er von der Arbeit zurückkehrte, fand er sie mit geschlossenen Augen auf der Matratze, aber die Wohnung war aufgeräumt, die Kleider lagen gewaschen und zusammengefaltet im Schrank, das Badezimmer blitzte, und im Kühlschrank stand Essen, das sie gekocht hatte. Sie hatte seine Unterwäsche auf eine seltsame Art zusammengelegt, die Dreiecke aus den Unterhemden und Unterhosen entstehen ließ, und er fühlte ihre Hände in seinen Handflächen, als er aus dem Schrank Kleider holte. Sie hatte Linsen mit Reis und Käse mit Gemüse gekocht, und er probierte diese ihm fremden Zusammenstellungen und fragte sich, ob er Gewürze kaufen sollte, und wenn, dann welche. Er war gewohnt, mittags nach Hause zu kommen, zwei bis drei Stunden zu schlafen und sich dann mit der Hausarbeit zu befassen, bevor er am Abend zur Bar aufbrach. Seit er sie hergebracht hatte, waren auch noch ihre Bäder, das Ankleiden und Hinlegen dazugekommen, womit er jedoch aufhörte, als er entdeckte, daß sie in seiner Abwesenheit im Haus herumlief. Wenn sie kochte und Wäsche wusch, sollte sie sich selbst baden.

Jetzt lag er im Bett, mit müßigen Händen, und dachte, was geht in diesem Kopf hinter den geschlossenen Augen vor, die ihr Haus waren, die Tür, die sie versperrte, und die Jalousien, die sie herunterließ. Er kannte ihre Jalousien, er erinnerte sich an sie, an diese Dunkelheit im Inneren und an die Stille. Vergebens würde jemand an die Tür klopfen, fremd oder bekannt, Freund oder Feind. Niemand zu Hause, sagten die Dunkelheit und die Stille, und der Niemand im Haus verwandelte sich immer mehr in Nichts. Und wenn er endlich Nichts wäre, welches Glück, kein Mensch würde mehr an die Tür klopfen, und es wäre möglich, die Muskeln zu entspannen, in vollen Zügen Luft einzuatmen und sogar die Augen aufzuschlagen angesichts der endlosen weißen Landschaft der Gipfel des Himalaja. Fast beneidete er sie um die Freude, die sie überfluten würde, wenn sie den ewigen Schnee erreichte.

Wenn er am Mittag aus seiner Bar zurückkehrte, ging er jetzt immer am Markt vorbei und kaufte Dinge ein, von denen er meinte, daß die Indianerin sie mochte, Bohnen, Mais und Bananen. Da ihre Jalousien immer heruntergelassen waren, wenn er zurückkam, konnte er sie nicht fragen, was er mitbringen sollte.

Auf dem Markt kaufte er ihr noch eine Hose und ein T-Shirt, beides in Orange, wobei er sich fragte, ob ihr die Farbe wohl gefiel. Er hegte keinen Zweifel daran, daß die Maße stimmten, seine Handflächen wußten, daß das ihr Hüftumfang war, daß ihre Gesäßbacken genau in die Hose passen, das Hemd lose über die kleinen Brüste fallen würde. Wenn sie in seiner Abwesenheit auf die Straße hinausging, könnte sie diese orangen Kleider anziehen, und auch im Haus konnte sie damit herumlaufen, während sie das machte, was sie eben so tat, wenn er nicht da war. Sie hatten einen neuen Geruch, und wenn sie den Schrank aufmachte, würde dieser Geruch sie dazu verleiten, sie anzuziehen. Sie würde sofort begreifen, daß sie für sie gedacht waren. Es war ihr sicher schon aufgefallen, daß er viel größer war als sie. Er fragte sich, ob jemand, Mutter, Schwester oder Freund, ihre Kleider gekauft oder ob sie sie immer selbst gekauft hatte. Ob sie Kleider oder Röcke trug, vielleicht sogar Schuhe mit Absätzen, Ketten und Ohrringe. Er versuchte sich zu erinnern, ob sie Löcher in den Ohrläppchen hatte. Bestimmt hatte sie welche. Alle kleinen Indianerinnen hatten Löcher mit winzigen Ohrringen in den Ohrläppchen, die ihnen häufig gleich nach der Geburt hineingestochen wurden. Da siehst du, da, warnte er sich, da hast du das Ende von Tibet begonnen! Genau dem wollte er doch entgehen, diesem Kontakt von Seele zu Seele und Leben zu Leben. Ihr Schweigen sog ihn in sie hinein, doch er wollte nicht eingesaugt werden, das war nicht Ziel seines Lebens, er hätte sie zwischen den Reifen liegenlassen sollen, hätte sich der um sie kümmern sollen, der sie dort gefunden, der es ihm geflüstert hatte und, als hätte es ihn nie gegeben, wieder im Raum aufging, Popescu oder Constantinescu oder wie immer sie hießen, auch ihre Vornamen hatte er schon zu unterscheiden begonnen, Michail war ihr Schiedsrichter, und sie hatten zwei Ion und einen George sowie einen Stefan und Nicolai. Es gab auch Gesichter zu diesen Namen, die er zu identifizieren angefangen hatte, seit sie die Hosen und das blaue Leibchen angezogen hatte, und in seinem Kopf spukte immer wieder die Frage herum: Wer, wer nur, wer von ihnen war die Ursache dafür gewesen, daß diese Indianerin, die in Jukatan, Lima oder Santo Domingo geboren war, auf den Bergketten der Anden oder an den Ufern des Rio de la Plata, auf seiner Matratze lag in seinem Haus in Tel Aviv, verborgen im Dornengestrüpp neben dem toten Eukalyptus an der Mündung des Jarkon, wer war der Botschafter, der ihre beiden Schicksale verknüpft hatte? Er glaubte nicht an eine göttliche Vorsehung. Er glaubte nicht, daß ein Wesen mit Bart und Milliarden von Augen über die kleinen Mädchen wachte, die im Schaufensterlicht einer Straße in Hongkong Hausaufgaben machten, auf die chinesischen Eltern herabsah, die ihre weiblichen Säuglinge ermordeten, einem Stammesangehörigen der Tutsi zusah, der mit einer Kalaschnikow einen vom Stamm der Hutu umbrachte, die Fliegen beobachtete, die auf den Augen der verhungernden Kinder in Somalia wimmelten, die Zahl auf den Würfeln in einem Kasino in Las Vegas betrachtete, die der Grund für eine kinderlose Hausfrau aus Florida war, sich den Schmuck von Jacqueline Kennedy-Onassis zu kaufen. Er glaubte nicht, daß ein solches Wesen den Soldaten zwei Monate vor seiner Ausmusterung sah, der einen Jungen im Coca-Cola-Hemd verfolgte und zusammen mit einer alten Frau und ihrem Petroleumkocher in Flammen aufging, und die Kindfrau, deren Oberschenkel fächerartig zerschnitten worden waren und die man in den Hinterhof einer Bar an der Grenze zwischen Tel Aviv und Jafo geworfen hatte, ein Wesen, das zuschaute, wie sich ihr Schicksal mit dem des Barbesitzers verband.

Die Schöpfung war ein Wunder ohne irgendeine Vorsehung. Die göttliche Vorsehung war die unbedingte Aufmerksamkeit sich selbst und seinem Nächsten gegenüber, dieser totale Blick und das absolute Hörvermögen, die ihn zu einem Geigerzähler des Leids gemacht hatten, zu einem Menschen, der zum Teilhaber alles Bösen wurde, von dem er wußte. Das Wissen, das Wissen marterte seine Seele und seinen Körper mit der Qual der Ermordeten und Hungrigen, der Fliehenden und Getretenen, der Vergewaltigten und Erniedrigten. Sie waren alle er selbst, sein Genick brach am Strick, sein Bauch krampfte sich vor Hunger zusammen, sein Kind wurde niedergemetzelt, er wurde aus seinem Haus, seinem Land, seiner Heimat gejagt, und seine Füße waren es, die er sich auf dieser niemals endenden Flucht wundlief. Er wußte, daß es kein Entrinnen vor diesem Wissen gab, nur in der Welt des endlosen Schnees der Himalajagipfel, an einem Ort, wo die Welt noch entstand, noch keine Form hatte, in der sich die Wasser noch nicht geschieden hatten und die langen Hörner mit sachten, leisen Fanfaren die Stimme der Trauer dämpften, die ihm in den Ohren schrillte.

Die einzige Vorsehung, an die er glaubte, war die persönliche Vorsehung, die Art, in der er sich bemühte, das Leid auf der Welt dadurch zu verringern, daß er selbst nichtexistent wurde. Denn in dem Jahr damals, in dem er wieder zusammenwuchs und vernarbte, war er zu dem Schluß gelangt, daß jede Existenz die Qual des Nächsten war, die sich verdoppelte, wenn sie sich zu seiner Qual wandelte. Das bloße Wissen machte ihn zum Bruder der Verfolger und Verfolgten, der Schweiß seines Mitmenschen war sein täglich Brot und Schuhwerk, das Blut des Nachbarn war sein Haus und der Knüppel im Rücken sein ruhiger Schlaf.

Er hatte sich ein Leben ohne Wissen erbaut, ohne Berührung mit etwas oder Nähe zu jemandem, er lebte mit Menschen, deren Sprache er nicht verstand und deren Namen er nicht kannte, bis diese Kindfrau mit den Hosen und dem Leibchen, dem Essen und Wäschewaschen ihn dazu gebracht hatte, zwischen Ion und Michail zu unterscheiden und zu entdecken, wer Popescu und wer Constantinescu war. Und er wollte es doch nicht wissen! Allein, wenn er zu wollen anfinge, wenn er den kleinsten Spalt öffnete und einen einzigen Lichtstrahl von Wissenwollen einfallen ließe, würde er zu erraten versuchen, wie sie hieß, Maria, Isabel, Asunción. Solange sie niemand war, hätte er mit ihr, neben ihr, unter einem Dach leben können. Name bedeutete Identität, ein Wesen mit Vergangenheit und Zukunft, Kontakt, Fragen, Antworten und Verantwortlichkeit, Name war das Zerbrechen der Flöten und Hörner und das Eindringen neuer Melodien, die er nicht kannte. Und er wollte keine neuen Melodien. In dem Moment, in dem sie einen Namen hätte, würde er sie hinauswerfen, sollte sie dahin zurückgehen, woher sie gekommen war. Es war besser, besser für sie, die Augen zu schließen, sein Haus konnte sie nur so lange beherbergen, solange ihre Augen geschlossen blieben.

Doch ihre Augen waren nicht mehr geschlossen, während er sich in der Bar befand. Sie ging in seinem Haus herum, wusch und kochte. Er schenkte den armen Dummköpfen das Bier ein und dachte, daß sie jetzt vielleicht in den orangefarbenen Kleidern, die er ihr gekauft hatte, auf der Straße herumlief. Er malte sich aus, wie die Polizei sie aufgriff, wie früher die streunenden Hunde und in der letzten Zeit die Fremdarbeiter ohne Papiere, und wie sie jetzt mit offenen Augen auf der Polizei saß, seine Bar am Strand von Jafo-Tel Aviv und sein Haus an der Mündung des Jarkon beschrieb und sagte, der, der ist mein Arbeitgeber, vor lauter Schreck erinnere ich mich nicht mehr, wie er heißt, aber ich weiß, wo er wohnt und wo er arbeitet, kommt, kommt, ich bringe euch zu ihm, er wird es bestätigen, ich putze, ich koche, ich wasche, er kennt mich, er hat mich bei sich angestellt. Wenn sie zu ihm kämen, würde er es bestätigen, ja, doch doch, das ist die Köchin, die Putzfrau, die Wäscherin, aber er würde ihren Namen nicht wissen und auch nicht, woher, wann und wie sie ins Land gekommen war, und sie würden weder ihm noch ihr glauben. Der über Schicksale urteilende Richter würde entscheiden, sie des Landes zu verweisen, aber wie weist man einen Menschen aus, der weder Namen noch Herkunftsland hat, wie kann man jemanden ausweisen, der ein Niemand ist, wohin sollte man ihn ausweisen? Die Polizei würde ihm nicht glauben, daß er ihren Namen und ihre Herkunft nicht kannte, und sie würden ihn zum Verhör mitnehmen. Die Gipfel des Himalaja würden ihn nicht in die Verhörräume begleiten und nicht vor den Untersuchungsbeamten schützen, so wie sie ihn nicht vor dem Krankenhauspersonal geschützt hatten. Erst als er dann allein war, hörte er die Hörner und die Flöten und sah das Erbarmen und die Zärtlichkeit auf den Gesichtern der gelben Mönche, und er wußte, endlich war er behütet, endlich allein und behütet.

Am nächsten Tag berührte er, bevor er in die Bar aufbrach, mit seinem Schuh ihren Knöchel, und als sie die Augen aufschlug, bedeutete er ihr, mit ihm zu kommen. Ihre Augen waren pechschwarz, hatten kleine blaue Falten an den unteren Lidrändern. »Komm mit mir zur Arbeit, in meine Bar«, sagte er zu ihr, und seine Stimme klang brüchig wie bei alten Leuten. Er räusperte sich. Da er fast nie mit jemandem sprach, waren seine Stimmbänder eingetrocknet. Er wußte nicht, ob sie ihn verstanden hatte, auf alle Fälle erhob sie sich von der Matratze, zog die orangefarbenen Kleider an und folgte ihm. Sie war klein, reichte ihm kaum bis zur Schulter. Ihre Schritte versanken am Strand im Sand, beschleunigten sich, um ihn einzuholen, weich wie auf Katzenpfoten. Die alten Jemeniten, die Scheschbesch spielten, hoben für einen Augenblick die Köpfe und betrachteten sie beide, den hochgewachsenen jungen Mann und die kleine Indianerin, die ihm hinterherrannte, und die Hand einer Frau, die Tauben fütterte, blieb in der Luft hängen.

Die Rumänen gaben vor, sie nicht zu sehen. Was sie nicht wußten, konnte ihnen nicht schaden. Sie säuberte die Tische, wischte den Boden mit Seifenwasser und spritzte den Hinterhof samt Reifen mit einem Schlauch aus, schob den Unrat, der sich hier das ganze Jahr angesammelt hatte, in Richtung der Kalksteinfelsen. Sie polierte das Fensterglas der Eingangstür mit Zeitungspapier, als der Bäckerjunge mit dem Pita ankam. Er streckte ihr die dampfende Plastiktüte entgegen, sagte »Hi, Gloria«, und rannte weiter.

5

Die beiden Angler kamen mit Fischen in ihrem Plastikkorb von den Kalkfelsen zurück. Von seinem Platz hinter der Bar aus sah er sie auf die kleine Gesellschaft zugehen, die draußen auf der warmen Erde saß und Karten spielte. Sie warfen die Karten auf ein Handtuch, das sie auf dem Sand ausgebreitet hatten, drückten die Zigarettenstummel im versengten Gras aus, mit der gleichen Konzentration, mit der sie Fußball spielten oder ihr Bier am Ende der Nacht tranken.

Der Älteste unter ihnen, ein kleingewachsener, stämmiger Mann mit krummen Beinen, zog alte Zeitungen aus einer Plastiktüte, breitete sie auf dem Sand aus und begann, die Fische mit einem Messer zu schuppen, und der zweite, ein junger Mann in grauem Unterhemd, schichtete Gestrüpp und trockenes Gras in ein kleines, schwarzes Erdloch, das ihnen manchmal zum Grillen diente. Seine Schultermuskeln hoben sich wie zwei sonnenverbrannte Eisenkugeln ab. Die starken Hände bereiteten feinfühlig das Feuer, eine dicke geflochtene Ader auf seiner Stirn leuchtete im kupfrigen Licht des Sonnenuntergangs.

Gloria stand im Eingang der Bar und betrachtete den Angler. Obwohl er ihr Gesicht nicht sah, wußte er, daß sie, genau wie er, seine Hände verfolgte, diese schönen, empfindsamen Hände, die ihre Kraft zügelten, um dieses kleine Grillfeuer in dem Erdloch, wo die Fische gebraten werden sollten, ordentlich in Gang zu bringen. Er war der antike Fischer, der die Angel in Ägypten, ein Fischernetz in Schottland oder eine Harpune in Alaska auswarf, er war alle Männer in allen Generationen, die von den Fahrten mit ihrer Beute zurückkehrten, Bärenpelzen, Walfischzähnen und Robbentran. Für einen Augenblick hob der leuchtende Fischer seinen Blick und spähte zu der kleinen Frau hinüber, die im dunklen Eingang stand. Das schwarze schimmernde Haar erzitterte in der Dunkelheit. So erbebten Frauen zu allen Generationen beim Klang von Jagdhörnern, Pferdegewieher, den Schellen der Wanderzirkusse, Furcht und Glück tanzten in der Luft, Erwartung ließ die Nerven vibrieren, etwas war im Begriff zu geschehen, jenes Etwas auf dieser Welt, das ohne Worte das Neue, andere, Unbekannte versprach, Freude oder Unglück.

Sein tibetanischer Geigerzähler des Leids sonderte Furcht ab. Der Trieb, der Lebenstrieb, der Geschlechtstrieb, Trieb nach Liebe, Paarung und Zeugung, die erste Dämmerung nach der Nacht, der Frühlingsanbruch nach dem Winter, der sich da ankündigte, provozierte in ihm das Grauen der Verfolgten, prophezeite Folterqualen und Tod, er hörte keine Jagdhörner, kein Gewieher oder Schellen. Draußen, jenseits der Dunkelheit seines Verstecks, hörte er die Schritte der Horden, Schwertrasseln und das Spannen von Gewehrhähnen, die sich immer dort hinter der Wand verbargen, ihm auflauerten jenseits des Augenblicks, jenseits der Dunkelheit, jenseits der Stille.

Wir sind eine Familie von Überlebenden, hatte seine Mutter zu ihm gesagt, als sie im Krankenhaus neben ihm saß: Die Großmutter, der-Herr-lasse-sie-auferstehen, fiel der Vernichtung anheim, der Großvater, der-Herr-lasse-ihn-auferstehen, wurde verbrannt oder erschossen oder starb an Hunger und Kälte, sein Grab ist nicht bekannt, es

»gingen« die großen Brüder, die Onkel, die Vettern, und nur sie, die Mutter, ein kleines Mädchen aus einer Kleinstadt, wurde durch ein Wunder gerettet, und er war, wie man das heute nannte, »die zweite Generation«.

Der Vater, der ihn gezeugt hatte, besaß keinen Namen oder Bild, er war das Etwas, von dem man nicht spricht. Sie hatte ihr eigenes Schweigen, seine Mutter, so hartnäckig wie seines, sie sollte also bloß nicht mit Vorwürfen daherkommen. O doch, sie sprach über alles, über die ganzen finsteren Jahre, jeden Tag und jede Stunde davon, über Dinge, an die sie sich erinnerte und die ihr entfallen waren, über Dinge, die Menschen widerfuhren, die sie gekannt und nicht gekannt, bloß über eines sprach sie nicht, über die wichtigste Sache seines Lebens, seiner Existenz: über den Vater seiner Zeugung. Alle Stereotypen standen bei ihr auf der Reihe, er brauchte nur unter ihnen zu wählen. Wen, wen also würde er sich als Vater aussuchen? War er der Sohn eines ukrainischen Vergewaltigers, Sohn eines Giftgaspiloten oder Gaskammerbetreibers, eines Partisanen im Wald, eines Bauern, der sie versteckte oder auslieferte? Sie hütete ihr Geheimnis wie eine stumme Sphinx vor dem Pyramideneingang, das war der Schatz, den sie an einem Ort versteckt hatte, den niemals jemand finden würde, der Schatz, über dessen Existenz keine Andeutung gemacht werden durfte. In ihrem Palast war ein unterirdischer Hohlraum, dessen Stelle nur sie, die Königin des Palastes, kannte, sie war die schweigende Sphinx im Besitz des Rätsels, eine flexible Überlebende, die das Verstreichen der Zeit ignorierte, die Auslöschung, die kommen und sie samt ihrem Geheimnis begraben würde, eine bewußt Überlebende, mit knirschenden Zähnen, aus freier Wahl, die bemüht war, die richtigen Schlußfolgerungen daraus zu ziehen, an deren erster Stelle von der Stunde an, als er zu begreifen anfing, die Erinnerung stand, mit der sie tagtäglich und bei allem winkte.

Das Vergessen gehörte den Verfolgern, den Zähneausreißern, den Haarabschneidern, denen, die die Knochen zermahlten und sie zu Dünger verarbeiteten. Die Erinnerung war ihr Allerheiligstes, und der Text des Rituals war ein Repertoire des Überlebens, Wundertaten und Heldengeschichten, Finten und Masken; das Überleben schmückte ihre Brustwehr, legte die genetische Augenfarbe fest, das Chromosom, das ihre Familie charakterisierte; sie summte bereits dem Fötus in ihrem Bauch Lieder vom Überleben vor. Von dem Tag an, an dem seine Erinnerung einsetzte, war er das Lebele, das Bleibele, das Lämmele, das Flämmele. Ihr Fötus war ein Überlebender, noch bevor er das Licht der Welt erblickt hatte, trug in seinen Zellen die Ermordeten, die Vernichteten, die Verbrannten, die Verhungerten und die Erschossenen. Es »gebührte« der Mutter zu leben, und es »gebührte« ihrem Sohn. Endlich sind wir Menschen, und das Leben ist nicht nur Essen und ein Dach überm Kopf, das Leben besteht aus all den Finten, die ein Mensch anwendet, um weiterzuleben, auch wenn die ganze Welt – und das ist ja bekannt, oder? – eben dies nicht will. Sie würden leben, dem Willen der Brandgesellen und Ertränker samt Kindern und Kindeskindern zum Trotz, die natürlich alle Eigenschaften ihrer mörderischen Eltern geerbt hatten. Das bloße Leben ihres Seelchens war Rache und permanente Heimzahlung, sein Lebenszweck, atmen, essen und ein guter Schüler sein, war Rache und Heimzahlung, und ein Soldat in der israelischen Verteidigungsarmee – daß uns das vergönnt ist – erst recht. Das war das Ideal, das ihn immer begleiten würde, eine elementare Verpflichtung wie Händewaschen vor dem Essen oder Zähneputzen vor dem Bettgehen. Zu überleben hatte man, zuallererst überleben, im Kindergarten, in der Schule, in der Armee – immer, überall und jederzeit überleben, das war der Segen auf den Weg. Draußen warteten die Horden, und er, er mußte Wache stehen und das Versprechen erfüllen, das er der Mutter und all den unschuldigen Opfern der Vernichtung gegeben hatte, denn auch ihnen gegenüber hatte er eine Verantwortung. Die Tatsache, daß er am Leben geblieben war, verpflichtete zu etwas, oder nicht? Er war der Vertreter der Kinder, die nicht mehr existierten, wenn er ein Marmeladenbrot aß oder Fußball spielte, und wenn er mit einem Mädchen im Kino saß, dann saßen sie dabei, alle Geister der Toten, und er hatte eine Verpflichtung ihnen gegenüber, oder nicht? Was denn, allein war er dort?

Man lehrte ihn, daß er der Welt zum Trotz existierte, und jetzt war er schon ein großer Junge, das Jingale, ein Soldat in der israelischen Verteidigungsarmee. Die Rache an den Gojim war das Jingale, und existieren hieß, denjenigen, der deine Existenz nicht will, zu annullieren, einen Coca-Cola-Jungen oder ein verbranntes Huhn oder einen Kameraden, der dir in den Bauch schießt, und wer das Handwerk besser gelernt hat, erhält eine höhere Note, weshalb gerade und trotz alledem das Volk Israel lebt.

Als er in jenem langen Jahr im Krankenhaus lag, begriff er, daß er nie genesen würde, wenn sie weiterhin mit ihren Beschwörungen und Gebeten neben ihm säße. Sie brachte die ganzen Sklaventreiber aller Generationen an sein Bett, damit er sich seiner Verpflichtung erinnerte, am Leben zu bleiben. Durch irgendeine bösartige List des Schicksals machte sie die Mörder zu den wahren Siegern. Sie waren die Überlebenden, nicht er. Nach zwanzig Jahren Leben entdeckte er, daß er kein Erinnerungsmal sein wollte, daß er nicht bereit war, sein Leben in dem permanenten Bewußtsein zu verbringen, »in jedem Zeitalter stand man wider uns auf, um uns zu vernichten«, daß er von ihr nicht die Furcht, den Haß und dieses »gebührt mir« der Verfolgten seines Volkes erben wollte. Bei anderen wurde das zu heiligen Steinen und heiliger Erde, zur Geheiminschrift und zur Rettung des Tages, in dieser Welt und der kommenden, zur Erlösung des einzelnen, der Sippe, des Volkes, zu sofortigem Frieden, stufenweisem Frieden, Frieden morgen, mit Bedingungen und ohne, mit Vermittlern oder ohne, Frieden der Tapferen, Frieden der Ängstlichen, oh, Messias –

Seine Mutter hatte das »glücklich die Waisen« ihrer Großmütter in »glücklich die Opfer« verwandelt, das einen dementsprechenden Gegenwert hatte, haben mußte, was zuallererst das Leben ihres Sohnes war, das Kleinod auf der Brustplatte des Hohepriesters. Er wollte dieses Kleinod nicht sein. Die Erinnerung war eine Krankheit. Er wollte, auf seine Weise und in seinem Rhythmus, genesen und leben, nicht als ein Überlebender, nicht als Opfer, nicht als Denkmal, Sieg oder Antwort.

»Wenn sie will, daß ich lebe, soll sie nicht mehr kommen«, hatte er zu dem behandelnden Arzt gesagt, nachdem sie ihn in die psychiatrische Klinik verlegt hatten.

»Sag es ihr«, sagte der Arzt.

»Nein, Sie sagen es ihr.«

»Sie wird mir nicht glauben.«

»Ich verreise«, sagte er zu seiner Mutter, als sie am nächsten Tag zu Besuch kam.

»Wohin?«

»Nach Tibet.«

Er fand in sich selbst den Ort, wo absolutes Schweigen herrschte und das Weiß makellos rein war. Auf den Gipfeln des Himalaja fand er die Stille, die er suchte, die pure Stille, die keiner Worte bedarf, die Festung, in der das Schweigen die uneingeschränkte Herrschaft innehat. Endlich war er in einer Welt angekommen, in der es keine

Verfolger und Verfolgten, Opfer und Peiniger, Mörder und Ermordete gab. Von nun an würde ihn kein Mensch jemals mehr erreichen können. Sein Schweigen war die schützende Panzerung. Doch, Mutter, dachte er, auch ich überlebe. Dich überlebe ich.

Die Bettler, mit denen er sich umgab, waren weder Opfer noch Überlebende, hatten nichts mit Erlösung und Rache zu tun. Sie waren Wanderarbeiter, die ihre Muskeln verdingten, um ein Stück Brot für das Kind zu haben, um sich eine Dose Bier zu kaufen, um noch einen Tag in ihrem Leben zu verbringen, dessen alleiniger Zweck das Leben an sich war. Ihre Sprache, ihre Lieder, ihre Spiele waren nicht heilig, sie bedurften keiner religiösen, historischen, kulturellen Rechtfertigungen, um an dem Ort zu sitzen, wo sie saßen, und die Luft zu atmen, die sie atmeten, und ihre Existenz hier und jetzt war keine »Antwort« oder »Entschädigung« oder »Konsequenz«. Sie waren für ihn die weißen Berge und das große Schweigen, die es ihm ermöglichten, ein Leben in Abgeschiedenheit zu führen und in den raren Augenblicken echter Freiheit die reinen Klänge der knöchernen Flöten und Hörner der Mönche zu hören. Er versuchte nicht, mit ihnen Bekanntschaft zu schließen. Ihre Fremdheit war einer der Pfade, die nach Tibet führten.

Der hübsche, sonnenüberstrahlte Fischer setzte ein kleines Eisengitter über das Feuer, das er entzündet hatte, und sein krummbeiniger Gefährte legte die Fische darauf und fachte die Glut mit einem Stück Karton an. Es waren mindestens zehn Fische. Noch nie war es ihnen gelungen, derart viele Fische zu fangen. Eine gute Angelsaison, dachte er, während er ihnen aus dem Dunkel hinter der Bartheke zusah.

»He, Corneliu!« Einer aus der Gesellschaft der Kartenspieler rief etwas in Richtung des hübschen Fischers, der seinen Kopf wandte, zu Gloria hinüberspähte, die immer noch im Bareingang stand, und lächelte. Ein Goldzahn funkelte in seinem Mund, entflammt im Licht des Sonnenuntergangs. Ihr Blick hüllte ihn plötzlich in Schönheit, Kraft und Hoffnung, glänzend wie ein Juwelenring in einem Müllhaufen. Dieser Zahn, er war die Zierde der Armut, das aufblitzende Messer in der Hand des Diebes, die gläsern leuchtenden Augen der nächtlichen Raubvögel, die sich plötzlich zwischen den Wipfeln offenbaren. Welcher Dämon der Koketterie hatte ihn geritten, in welchem fürstlichen Augenblick von Sinnesverlust hatte dieser arme Teufel beschlossen, daß es ihn nach einem Goldzahn gelüstete? Dieser Zahn, der Goldzahn, der ihn von den restlichen Bettelbrüdern unterschied, ihn ärmer und reicher, prächtiger und erbärmlicher zugleich machte, der einem schier das Herz vor Erbarmen abdrückte, dieser Zahn entwaffnete ihn hinter seiner Theke, zwang ihn, dazustehen und darauf zu warten, was da kommen würde, so wie die Bauern warten, die auf einem Vulkan leben, dem Grollen der Erde lauschen und sich nicht vom Fleck rühren. Und was hätte er denn auch tun können? Sie anschreien, nicht hinzusehen? Daß sie von der Tür wegkommen sollte? Er hatte bisher nicht mit ihr geredet, sollte er also ausgerechnet jetzt zu reden anfangen? Und was würde er zu ihr sagen? Er ist nichts für dich, dieser Mann, sprich nicht mit ihm, Worte erzeugen Leid, Qual und Tod, verliebe dich nicht, verliebe dich bloß nicht, Berührung gebiert Leid, Qual und Tod, was konnte er ihr denn schon sagen? Komm, komm, bleib mit mir im Schnee des Himalaja? Was? Was hätte er ihr sagen können?

»He, Gloria!« rief der ältere Fischer mit den krummen Beinen und signalisierte ihr mit dem Lächeln der Kuppler, Heiratsvermittler, der alten Stammesweiber im Kongo, in Mexiko und Burma, näher ans Feuer zu kommen.

Sie wußten ihren Namen! Sie kannten sie, dieses verwundete Lumpenbündel, das er zwischen den Reifen aufgelesen hatte! Sie kannten sie und hatten sie dort liegengelassen und nichts getan, hatten ihn dazu gezwungen, den ganzen Weg von Tibet zu machen, von den Gipfeln des Himalaja herunterzusteigen, um die Scheiße aufzuwischen. Was konnte ihm schon passieren, er war der Herr des Landes, Bruder der Muskeljäger, Polizisten und Hausbesitzer, der Bedrücker, denen es »gebührt«, und nicht der Unterdrückten, was konnte ihm schon geschehen, wenn er in seinem Hinterhof ein Mädchen auflas, das fast zu Tode mißhandelt worden war? Würde ihn jemand verdächtigen? Würde ihn jemand beschuldigen? Daß der Herr gezwungen worden war, seine Höhle im ewigen Schnee zu verlassen, das interessierte sie nun wirklich, wahrlich und wahrhaftig nicht.

Rauch stieg aus dem kleinen Loch empor und zerplatzte im Fett der Fische. Der Fischer, den sie Corneliu nannten, breitete Zeitungen auf der Erde aus und blickte Gloria nicht an, die langsam über den Sand vorwärtsschritt, als käme sie nicht zu ihm, als hätte sie nicht wegen ihm die dunkle Öffnung verlassen und ginge ins Licht des Sonnenuntergangs hinaus, eine hübsche, anmutige Braut.

Er hob den Kopf auch nicht, als sie bereits neben der Feuerstelle stand. Der Ältere sagte etwas zu ihr, immer noch mit seinem kupplerischen Lächeln, und sie kehrte in die Bar zurück, holte einen Salzstreuer, ging wieder hinaus und übergab ihn dem Heiratsvermittler. Sie nahmen an einer Zeremonie teil, deren Regeln sie kannten oder an die sie sich erinnerten. Ihr Blut erinnerte sich an das, was sie vergessen hatten. An die Brandung der Wellen unten am Meer, das rituelle Bad von Braut und Bräutigam in allen Generationen und Kulturen, an die Fische, die Fruchtbarkeit symbolisierten, den Brautbaldachin der Nacht, die sich mit ersten Sternen herabsenkte. Sogar ihre Kleider, die orangefarbenen Kleider, die er ihr gekauft hatte und die sich im Licht des Sonnenuntergangs rötlich färbten, wurden zu einem Teil dieser Zeremonie, die sich vor seinen Augen abspielte.

Was hatte die beiden dazu gebracht, einander plötzlich zu wollen? Atmosphärischer Druck, verursacht durch Flut und Ebbe? Die Anziehungskräfte von Mond und Sonne, die jetzt aufeinandertrafen und das Meer genau an der Stelle, wo sie gerade standen, aufwühlten? Was war aus der Bahn geraten? Der Mond? Die Sonne? Die Erdkugel? Was hatte ihn aus der Bahn geworfen, als er plötzlich einem kleinen Jungen mit einem Stein hinterhergerannt war, wild entschlossen, ihn umzubringen? Was war aus der Bahn geraten, als irgendein Mann, von dem er nichts wußte, seine Mutter begattet hatte? Was hatte ihn vom Weg abweichen lassen, als er diese Kindfrau, die er gerade an den Goldzahn verlor, mit nach Tibet nahm?

Sie sagte etwas zu dem Krummbeinigen, der sie überrascht ansah und dann lachte.

»Ginger!« rief er seinen Stammesgefährten zu, die die Zeremonie unterm Kartenspiel verfolgten. »Ginger! For fish! Ginger for fish.«

Einer von ihnen begann, in seinen Taschen zu kramen, und die anderen taten es ihm gleich, rollten sich vor Lachen. Der kleine, verbrannte Hügel in der Abendsonne war auf einmal von einem Gewirr scherzhaften Geplappers in verschiedenen Sprachen erfüllt, und die Worte »Gloria Ginger Fish« schwappten wie kleine Inseln aus dem Stimmenmeer hoch. Sie stand da und lächelte, die orangen Hosen spannten sich über den kleinen Hinterbacken, über dem Fächer der Schnitte auf den Oberschenkeln, und danach kam sie wieder in die Bar und stellte den Salzstreuer zurück, näherte sich Babu, schaute ihn an und fragte: »Gibt es Ginger?« Das dsch flog ihr leicht wie eine Feder von den Lippen, und das r war schwer und samtig.

Er schüttelte verneinend den Kopf.

Zwar hatte er ihr nur stumm geantwortet, doch trotzdem waren das die ersten Worte, die sie zueinander sagten.

6

Sie blieben im Gras sitzen, auch nachdem sie die Fische verzehrt hatten und die Sonne im Untergehen eine Feuerpfütze auf das Meer zeichnete. Hin und wieder gingen sie in die Bar, um sich noch ein Bier zu holen, legten die Münzen und Scheine in den Glastiegel, versunken in der Müdigkeit von Schwarzarbeitern, die einen guten Tag gehabt hatten. Diese Nacht, mit der Brise, die bisweilen vom Meer her wehte, war eine gute Nacht, gut, um auf dem Hintern zu sitzen und sich nicht zu rühren, hier zu vergessen, erschlagen von den Bieren und den leeren Händen im Schoß. Ihre Pappkartons in der unterirdischen Passage würden auf sie warten, es gab keinen Grund zur Eile. Morgen würden sie einen Tages- oder Wochenjob beim Betongießen oder Straßenpflastern erwischen, und wenn sie Glück hätten, würden sie es schaffen, ihren Lohn vom Muskeljäger zu erhalten, bevor die Polizisten sie zu fassen bekamen.

Jemand spielte Zigeunerweisen auf einer Mundharmonika, und hin und wieder schloß einer von den Arbeitern die Augen und jaulte ein langgezogenes si-moi-sssiii. Auch die Ghanaer und Filipinos fielen mit ein, während sie vor lauter Sehnsucht fast ihre Seele aushauchten. Sie brachten ihre Frauen nicht mit hierher, und Gloria, die jetzt bei ihnen saß, zerstörte die gewohnte Ordnung. Vielleicht dachten sie, sie sei die Freundin des Barbesitzers, und wagten nicht, sie zu vertreiben. Er bemerkte, daß Gloria, als die Fische aufgegessen waren, die Gräten, Zeitungen und Bierdosen aus dem Gestrüpp sammelte und in den Abfalleimer warf, etwas, das sie sonst immer selber machten. Damit übernahm sie in der Krönungsnacht die Aufgaben einer Magd, die ihr nach den Festlichkeiten, Zeremonien und Huldigungen zufallen würden. Gloria saß an der einen Seite des älteren Fischers, Corneliu Goldzahn auf der anderen. Der Glorienschein eines Filmstars umgab den Goldzahn, die Bescheidenheit der höheren Ränge, die sich zum Volk herablassen und so tun, als seien sie alle gleich vor dem Schöpfer der Welt, Prinz Philip und die wimmelnden Fliegen auf den Augen der schwarzen Kinder in Somalia. Seine Haare waren mit diesem Zementstaub der Bauarbeiter durchsetzt, der niemals völlig verschwindet. Er und Gloria blickten einander nicht an, Teil eines Zeremoniells, das so alt war wie die Welt selbst. Wie war diese Beziehung zwischen ihnen plötzlich entstanden? Welche Veränderung war in der Luft, im Sternensystem, in der Meeresbrandung eingetreten, die sich auf die Funktion der Nerven, Gewebe, Körperflüssigkeiten, Drüsen und Hormone auswirkte, den Atemrhythmus und den Herzschlag veränderte und die beiden dazu brachte, einander wahrzunehmen und in aller Schlichtheit, unverhüllt und natürlich wie das Gras auf diesem erbärmlichen Hügel, zu wollen?

Er wollte sie nicht anschauen, er wollte nichts von ihnen sehen. Invasoren waren sie, Vandalen, Hunnen, Barbaren, die in sein Territorium eindrangen, sich mit Pferden und Hörnern einen Weg durch die endlosen weißen Schneefelder des Himalaja bahnten, fremde Geräusche und den Kot der Pferde mit sich brachten, die den Schnee mit ihren Hufen zertrampelten, den Geruch von Gewürzen, geräuchertem Fleisch und Dörrfischen. Eingerieben mit dem Fett ihrer Wale, behängt mit Haifischzähnen, zogen sie in sein

Tibet hinauf, zwangen ihn, aus der dunklen Höhle herauszukommen, um nachzuschauen, was all der Lärm bedeutete, wer da kam und die Stille der Ewigkeit brach, wer hier die letzte Zuflucht entweihte. Er hatte sie sich ausgesucht, weil sie keine Gesichter und keine Namen hatten, weil er ihre Sprache nicht verstand und ihr »Innen« außerhalb des seinen war, die beiden sich niemals tangieren würden. Sie waren sein Exilland, ein Schatten nur jenseits der Schneeberge, die Stille, die es möglich machte, die Hörner der Mönche mit den gelben Hüten zu erlauschen, die die Geister ihrer toten Lamapriester heraufbeschworen, sie waren das Schweigen, das es ermöglichte, dem »großen Meer der Weisheit« aller Lamas zu lauschen.

Wer nur, wer von ihnen hatte ihm den Wink gegeben, daß da etwas im Hinterhof zwischen den Reifen war, der Goldzahn vielleicht? Wurde sie ihm deshalb jetzt zur Braut geweiht? Hatte sie in ihm den Botschafter erkannt, der ihre Rettung herbeigeführt hatte? Er wollte sie nicht anschauen, er wollte nichts von ihnen sehen, allein das Hinschauen würde das, was er sich hier aufgebaut hatte, zerstören, ihnen Namen und Merkmale verleihen. Bereits jetzt identifizierte er Gloria und Corneliu unter ihnen, und den krummbeinigen Fischer nannten sie George, ein glanzvoller Name für einen Satyr mit krummen Beinen, dieser Name von Bischöfen, Päpsten, Heerführern.

Der Satyr ließ eine Bierdose von Corneliu Goldzahn zu Gloria Ginger Fish passieren. Ein paar Schlucke für den einen, ein paar für den anderen. Er war der Hohepriester des Beschwörungszeremoniells, und heute abend waren sie Fürsten, die aus dem verzauberten Kelch tranken, um Geister zu vertreiben, Könige, die Dämonen in die Flucht schlugen. Sie waren Götter, die aus dem heiligen Kelch tranken, um einen Fluch abzuwenden. Der krummbeinige Alte – jetzt sah er bereits alt aus – erhob sich vom Boden, zog ein zerknittertes Tuch aus seiner Hosentasche und begann mit kleinen, langsamen Schritten zu tanzen, während er Gloria ein Zeichen gab mitzumachen. Sie wischte sich das Gras und den Sand von der Hose und schloß sich mit verwundertem Lächeln dem gebotenen Tanz an, indem sie ein Ende des schmutzigen Tuches ergriff. Der Alte schloß die Augen, legte eine Hand an die Schläfe, bedeckte ein Ohr und lauschte auf die Mundharmonika, sein Gesicht zum Mond erhoben und die qualmende Zigarette im Mund.

Schau nicht hin, sagte er sich, während er den Schauer entlang seiner Wirbelsäule spürte, fühlte, wie sein Kopf wie bei einer Vogelscheuche zu nicken begann und die Augen sich vor Furcht verschleierten, schau nicht hin, nicht, dort draußen findet eine Zeremonie statt, mit der du nichts zu tun hast, diese Leute sind dir fremd, geh weg, geh fort, und schau nicht zu. Du kannst jetzt schon sehen, wie sich die streichelnde Hand zum Schlag hebt, wie das Lächeln von Haß abgelöst wird, wie aus dem sanften Tanz Tritte in Rippen und Kopf werden, wie das vor Erwartung und Neugier flatternde Herz zu einem mörderischen Eisklumpen wird. Wie kam es nur, daß sie nicht sahen, was er sah? Das Ende, das im Anfang verkörpert lag, das Gute, das sich in Böses verwandelte, die Unschuld, die zu rachgieriger Verschlagenheit, die Liebe, aus der Haß wurde, diese ganze Hoffnung, die in der Welt einherging, in verführerischen Verkleidungen von Samt und Seide das feuerspeiende Ungeheuer bemäntelte, die Grenzlinie, auf der das Leben in einem Zufallsmoment oder unter anhaltender Tortur in den Tod umschlug. Es war doch nicht möglich, daß sie das nicht wußten, auch andere hatten die gleichen Orte wie er passiert. Weshalb hatte er diese Angst, von der sie frei schienen, wer war der Verrückte, er oder sie?

Als sie ihn aus der psychiatrischen Klinik entließen,

sagte der Arzt zu seiner Mutter, daß er nach Hause gehen könnte, er würde weder sich noch seiner Umwelt Schaden zufügen. Und die Umwelt, wollte er fragen, die fügt keinen Schaden zu? Sie schädigte doch durch ihr bloßes Vorhandensein, durch die Berührung und Reibung, die zwischen allen Faktoren bestand, diese Umwelt, die sich mit dem gleichen frömmelnden Lächeln dem Schwachen wie dem Starken, dem Unschuldigen wie dem Verschlagenen, Opfer wie Mörder anbot, sie spielt keine Rolle dabei? Die Vielzahl ihrer Gesichter, die einen permanenten Wechsel durch zerstörerische Kräfte herbeiführte, das schadete nichts? Weshalb trägt sie keine Verantwortung, während ich, voller Angst, auch nur einen Finger zu bewegen, um niemanden und nichts zu schädigen, als derjenige bezeichnet werde, der seiner Umwelt Schaden zufügen könnte? Sehen denn die anderen nicht, was ich sehe? Hat der kluge Arzt, der es gut mit mir meinte, nicht verstanden, was ich verstehe?

Doch er machte damals seinen Mund nicht auf und stellte keine Fragen. Er wußte, daß sie ihn dabehalten würden, wenn er sagte, was er dachte, und dort, unter all den Menschen, die sich in den Hexenkesseln unzähliger Folterquellen zermarterten, würde er den Geigerzähler in seinem Kopf niemals loswerden, dieses Meßgerät der Leiden, das permanent erzitterte, bei jedem Kummer und Schmerz ausschlug, der in seiner Sicht- und Hörweite, seiner Erinnerung und Voraussicht vorüberstrich.

Die Männer, darunter Corneliu, tanzten zu den Klängen der Mundharmonika, bildeten eine kleine Reihe, fast Schulter an Schulter, mit langsamen Schritten und ernsten Gesichtern. So tanzten ägyptische Männer in den Tempeln von Isis und Osiris, Männer an den japanischen Kaiserhöfen, Adelige an den Höfen der Monarchie in Frankreich, und so tanzten die schwarzen Sklaven in den Vereinigten Staaten, die Maori in Neuseeland, die Beduinen auf dem Sinai und die Chassidim in Uman. Gloria saß jetzt auf einem Stein, einen Kranz Nachtkerzenblüten auf ihrem Kopf, die jemand offenbar an den Felsen am Meer unten gepflückt hatte. Es ist noch nicht zu spät, um zu retten, was zu retten ist, sagte er sich, alles, was du tun mußt, ist, vom Himalaja herunterkommen und nach Hause gehen. Doch wie konnte er seinen Posten im Stich lassen, wo es nicht einmal Mitternacht war. Der Mundharmonikaspieler führte die Reihe der Tänzer zu Gloria, und sie blieben vor ihr stehen, stampften weiter mit diesen kleinen Schritten auf, die sich in Sprünge verwandelten, als der Rhythmus der Melodie zunehmend heftiger wurde. Ein bescheidenes Lächeln erhellte ihr indianisches Gesicht. Die Männer bildeten eine sich immer wieder öffnende und schließende Schlinge um sie herum, und Corneliu, der jetzt der letzte in der Reihe war, streichelte bei jedem Mal, wenn er an ihr vorbeikam, mit dem Tuch des Alten ihre Schulter. Sie hat keine Angst vor ihnen, dachte er. Die vernarbte Wunde auf ihrem Kopf und die Fächerschnitte auf ihren Oberschenkeln haben sie nicht klüger gemacht, und auch aus jener Nacht, in der sie mißhandelt und als verletztes Bündel Dreck zwischen seine Reifen geworfen worden war, hat sie nichts gelernt. Vergeblich zerrte die Suche nach einer logischen Antwort oder klugen Schlußfolgerung an seinen Nerven. Der Mechanismus des Lebens war stärker als die Erschütterungen und Krisen und der Lebenswille größer als die Lebenserfahrung. Und sie war, im Gegensatz zu ihm, bereit, den Preis des Lebens zu zahlen. Wer von ihnen beiden war der Kluge und wer der Dumme, der Mutige oder der Feigling?

Ihre Schritte begannen sich vor lauter Müdigkeit und Bier und Tanzen zu verheddern, und ein Spaßvogel, der mit einer Flasche auf der Stirn tanzte, warf sich plötzlich auf die Erde und fiel mit einem Schlag in den Tiefschlaf der Betrunkenen.

»Jallah!« rief einer, und sie lachten über das fremde Wort, das sie sich auf den Gerüsten angeeignet hatten. Zwei der Rumänen hoben den Betrunkenen auf und schleppten ihn mit sich fort.

»Bye, Babu«, sagte Jehosafat Gordon, dessen schwarzes Gesicht in der Dunkelheit glänzte.

»Bye, Babu«, sagten auch Ion oder Michail oder wie immer sie hießen, zum Bareingang hin gewandt. Corneliu streckte eine Hand nach Gloria aus, zog sie von dem Stein hoch und umarmte ihre kleinen Schultern, und die ganze Gesellschaft machte sich davon, schlurfte in die Richtung ihres nächtlichen Unterstands, der aus Pappkartonstücken in einer unterirdischen Passage beim zentralen Busbahnhof bestand. Diese Höhle war ihr Territorium auf Erden, wo sie ihre spärlichen Habseligkeiten ließen, und sie wußten, wenn sie nur eine Nacht nicht dort auftauchten, würden sie ihren Platzanspruch verlieren.

Dunkelheit und Stille herrschten auf dem kleinen Hügel. Er schloß die Tür der Bar und ging über die Kalksteinfelsen zum Strand hinunter, und als er den Sand erreicht hatte, streifte er seine Schuhe ab. Der Sand war naß und kühl. Er atmete tief den salzigen Wind ein, ließ sich vom Bierdunst, Zigarettenrauch und Geruch der gebratenen Fische auslüften, sich vom Mundharmonikaspiel befreien, das die tibetanische Stille gestört hatte. Junge Leute schliefen zusammengerollt in Militärdecken oder Schlafsäcken am Strand, und er versuchte, nicht anzufangen zu denken, wer sie waren, warum sie hier schliefen und woher sie kamen. Er lauschte seinen eigenen Schritten, wie sie in der Rinde seines Gehirns dröhnend widerhallten, das leerer und leerer wurde, je näher er seinem Haus kam. Dort neben dem toten Baum an der Mündung des Jarkon, das Haus mit den

Lamas mit den gelben Hüten, die so gelassen waren, wie es nur Lamas sein können, nachdem sie die Metamorphosen zwischen dem einen Lebenszyklus zum nächsten durchlaufen haben, ihre Körper einen Fluß oder Pfad hatten sein lassen, auf dem die bösen Geister der vergangenen Tage sich entfernten und die guten Geister der künftigen Tage kamen.

Er entdeckte, daß er sich nach ihnen gesehnt hatte, ohne es gewußt zu haben. Erst jetzt, als er in Richtung seines Hauses ging, das jetzt leer von Gloria war, begriff er, daß sie sie von ihm ferngehalten, es ihnen unmöglich gemacht hatte, ihn zu beschützen, so wie sie es wollten und für gewöhnlich taten. Wenn sie weiter bei ihm gewohnt hätte, hätten sie ihn verlassen und hätten sich andernorts verwandte Seelen gesucht. Hatten die Lamas Gloria zu seinem Schutz mit dem Goldzahn verkuppelt? Folgten sie ihm, auch wenn er das Haus verließ, begleiteten sie ihn, befanden sie sich jederzeit und immer bei ihm? Er wußte, daß er sie erreichen konnte, doch er hatte nicht gewußt, daß sie das umgekehrt auch konnten.

Dieser neue Gedanke erweckte Furcht in ihm. Seine Einsamkeit war die Antwort auf die Frage, die er sich selbst gestellt hatte, wie er sein Leben leben könnte, ohne Böses auszulösen. Er wußte, er war nur ein Tropfen im Meer, ein Sandkorn, Sternenstaub, und seine guten oder schlechten Taten würden das Gesicht der Menschheit oder die Räder der Geschichte nicht verändern, doch er wollte irgendeine Konsequenz aus der Erfahrung ziehen, die er gemacht hatte, als er beinahe einen Jungen mit einem Stein in der Hand getötet hätte. Und seine Schlußfolgerung war, daß man zwar als Tropfen im Meer, Sandkorn und Sternenstaub nicht in der Lage ist, das Antlitz der Menschheit oder die Räder der Geschichte zu verändern, jedoch eines tun kann: ein guter Mensch sein. Und er versuchte, ein guter Mensch zu sein, und hatte entdeckt, daß er zu diesem Zweck in Abgeschiedenheit leben mußte. Denn jeder Kontakt mit dem Mitmenschen erzeugte zwangsläufig irgend etwas Böses. Daß ihn die Lamas in der Folge von Glorias Rettung verlassen hatten, war ein Beweis dafür. Er räumte ihre Matratze an den regulären Platz unter der Matratze auf seinem Bett zurück und legte sich schlafen. Unter seinem Körper, auf ihrer Matratze, war der Abdruck ihres Körpers zurückgeblieben, wie ein Scherenschnitt, und er spürte trotz geschlossener Augen, wie sie zwischen den zwei Matratzen hinausglitt, sich befreite, aufstand und im Zimmer umherging. Was nun, dachte er? Sie ignorieren? Sie verjagen? Doch was sollte das nützen, wenn sie die Fähigkeit hatte, sich in einen Schatten zu verwandeln, sie würde immer noch über die Türschwelle oder Fensterbretter zurückkehren können oder sogar einfach so mit dem Luftzug oder dem Rascheln des Eukalyptusbaums. Aber weshalb hatte sie hier einen Teil von sich zurückgelassen, wenn sie plötzlich Lust auf einen Rumänen mit Goldzahn verspürte? Jetzt, wo er zu guter Letzt endlich einmal in Ruhe hätte einschlafen können und nicht zwischen Wachen und Schlaf die ganze Nacht auf die Atemzüge der Indianerin auf dem Fußboden lauschte, da kehrte sie mit ihren kindischen Launen zu ihm zurück: wollte weg und gleichzeitig dableiben, dazugehören und fremd sein, frei und gefangen. Und so, wenn Madam Pampelmusenkopf sich nicht selbst entscheiden konnte, würde er ihr die Entscheidung abnehmen müssen. Er erhob sich vom Bett, zog ihre Matratze heraus und brachte sie auf den Balkon. Bei zweiter Überlegung holte er die geblümte Hose und das blaue Leibchen aus dem Schrank und legte auch sie, ordentlich zusammengefaltet, zu der Matratze auf den Balkon hinaus. Wenn sie plötzlich beschlösse zurückzukommen, sollte sie wissen, was er von ihr hielt.

7

Einmal im Monat ging er ins Stadtzentrum, um das Brot zu bezahlen. Jakov, der Bäcker, sagte, er wolle nicht, daß der Pitajunge auf der Straße mit Geld herumlief. Er wolle bar auf die Hand bezahlt werden, und er tue Babu einen großen Gefallen damit, daß er täglich den Jungen zu ihm schickte und die Bezahlung auf einmal im Monat zusammenfaßte, Kredit gebe er ihm, was er für niemanden sonst tue, denn Brot gibt man bekanntlich nicht auf Kredit. Jakov wußte wie alle, daß Babu das Pita gratis an die Rumänen verteilte, aber das interessiert mich nicht, sagte er, von mir aus verfütterst du es an die Tauben am Strand. Jeder hat so seine eigenen guten Taten, und wenn er sich ausgesucht hätte, den unbeschnittenen Gojim eine Wohltat zu erweisen, dann wohl bekomm's, aber er sei nicht daran beteiligt, er habe seine Chassidenrabbis und seine Kabbalisten.

Babu ging nicht gerne in die Bäckerei. Jakov kannte alle, brachte alle zum Reden, erzählte allen über alle. Er kannte Namen und Gesicht jedes Handwerkers und Ladenbesitzers, der zwischen der Jona-Hanavi-Straße und dem Derech-Salame wohnte, bis in die dritte Generation, und hie und da verdiente er sich ein bißchen Geld mit den Heiratsvermittlungen, die er zwischen Schreinern und Elektrikern, Lastenträgern und Bauarbeitern betrieb. Jakovs Geschwätz brachte Babus Kopf zum Summen und nahm ihm die tibetanische Stille. Nach jedem Besuch in der Bäckerei brauchte er Stunden, um das leise, tiefe Brummen der Hörner der gelben Mönche wiederzufinden, diese dumpfen, in ihnen zusammengeballten Töne, wie das Knurren von Tieren fern im Wald, jenseits der Berge und Dörfer, jenseits des Glanzes zwischen Erde und Horizont

»Hast du gehört, was Gloria Ginger Fish passiert ist?!« fragte Jakov mit einem Lachen in den Augen.

Seitdem sie vor etwa zwei Monaten mit dem Rumänen weggegangen war, war sie nicht mehr in die Bar gekommen. Die Rumänen fuhren fort, Domino, Karten und Fußball zu spielen, tranken Bier, angelten Fische, und manchmal verschwand plötzlich einer und jemand Neuer kam hinzu, was die Gesellschaft immer in große Nervosität versetzte, da die bereits bestehenden Verhaltensregeln, Rituale und Hierarchien nun neu geregelt werden mußten.

»Der Sumsum ist in sie gefahren!« Jakov lachte, die Hände in die Hüften gestützt. »Sie sind dermaßen blöd, diese Kerle! Vollgestopft mit Aberglauben wie diese gefüllten Weinblätter der Saloniker, Teufel, Geister und Dämonen, als ob sie gerade gestern aus ihren Höhlen gekrochen wären. Ägyptische Finsternis von Götzendienern. Ein Arbeiter aus Ghaza hat mehr Licht im kleinen Finger als sie in ihrem Kopf.«

»Sumsum?« fragte Babu.

»Der Name ihres Dämons ist Sumsum. So nennen sie ihn. Der Sumsum ist in sie gefahren, nachdem sie sich in den schmutzigen Rumänen mit dem Goldzahn verliebt hat. Sie ist zu ihm in dieses stinkige Loch gezogen, in dem sie wohnen, keinen Hund würde ich dort lassen, und er hat zu ihr gesagt, daß er sie liebt und heiraten will, und sie zu ihm, daß sie ihn liebt und heiraten will, allerdings hat sie ihm nicht erzählt, daß sie schon verheiratet ist und ihr Ehemann in Cholon in einer Wohnung wohnt, die sein Bauunternehmer ihm und noch etwa einem Dutzend Brasilianer gegeben hat, die bei ihm arbeiten. Er war es, der sie so zusammengestutzt hat. Ihr Mann, das Schwein. Sie hatte Angst, ihn zu verklagen, damit er sie nicht umbringt. Und was macht also Gott? Nach dem ganzen putziniu mutziniu mit dem Rumänen sind auf einmal Flüche und Schimpfwörter mit der Stimme eines Mannes aus ihrem Mund herausgekommen, die den ganzen Rumänis, Nigeris und Ghanesis die Haare am Hintern aufstellen. Alle dort zittern vor Angst vor den Stimmen, die ihr ausrutschen. Inzwischen hat ihr gesetzlicher Ehemann von der Romanze mit dem Rumänen erfahren, und er hat versprochen, das zu Ende zu bringen, was er beim vergangenen Mal angefangen hat. Die Rumänen haben Boten zu ihm geschickt, um ihm zu sagen, wenn Gloria auch nur mit einem millimetergroßen Kratzer nach Hause zurückkehre, würden sie ihm die Kehle durchschneiden. Einen brasilianisch-rumänischen Weltkrieg haben wir da. Da hat Ben-Gurion nicht dran gedacht, was? Kann sein, daß es von dem Zeug kommt, das sie essen.«

»Was?«

»Aber wenn ich's mir so recht überlege, käme es vom Essen, dann wären auch andere verrückt geworden. Sie essen alle die gleiche Scheiße, Maisbrei und fauliges Aas, bähpfuiteufel, wenn ich bloß daran denke, wird mir schon schlecht. So hat sie ihren Namen gekriegt, wegen dem Ginger, den sie in die Fische tut. Vielleicht hat man ihr was gegeben.«

»Arbeitet sie?«

»Ja, natürlich, als Putze, in irgendwelchen vier Wohnungen, und bei der Arbeit ist sie wie der Teufel, also kann es nicht gut sein, daß sie unter Drogen steht, oder?«

»Ich weiß nicht.«

»Nur in der Nacht fährt der Sumsum in sie. Läßt die Leute nicht schlafen mit ihren Flüchen, sie sind völlig besoffen vor lauter Müdigkeit, die armen Scheißer, den ganzen Tag in der Sonne unter der Knute der Muftis, und in der Nacht dieser Herr, der Schimpfwörter aus Glorias Hals brüllt. Eine Todesangst haben sie vor ihr!« Jakov lachte wieder. »Und worum geht es alles in allem? Um die Größe eines Flohs! Sie haben süßes Blut, diese Mischlinge. Ich habe gehört, daß du sie bei dir aufgenommen hast, nachdem ihr Mann sie zerschnitten hat.« Jakov zwinkerte und wartete auf eine Antwort. Als diese nicht kam, fragte er: »Bei dir war sie ruhig?«

»Ja.«

Ich bin nicht für sie verantwortlich, sagte er sich, als er die Bäckerei verließ, ich habe ihr eine Matratze gegeben, als sie verwundet war, sie ist gesund geworden und gegangen, und ich habe nichts mit ihr zu tun. Aber der Geigerzähler der Leiden erschütterte seinen Kopf mit starken Ausschlägen, unheilverkündend. Ihr Schmerz brach sich eine Bahn in seine Gehirnrinde wie eine Elektrosäge, veranstaltete unerträglichen Lärm, sprühte Funken. Er kannte ihren Schmerz, die Angst vor dem Glück, das Bedürfnis, Kreise zu schließen, bevor man neue eröffnete, den Abschied um der Einheit willen, so hatte er sich von seiner Mutter getrennt, als er nach Tibet auswanderte. Jemand in ihm schrie und schrie, während er sich selbst von neuem gebar, die Nabelschnur zerriß, die Nachgeburt ausschied, sich säuberte, ausradierte, annullierte, um die hohen, weißen Berge, bedeckt vom ewigen Schnee, ersteigen zu können, blank und rein wie ein Säugling am Tag seiner Geburt zum ersten Mal die Klänge der gelben Mönche zu hören und zu wissen, daß sie auf ihn warteten, gelassen, fern, großmütig, geduldig auf ihn warteten, um ihn zu beschützen, zu verteidigen, ihn von allem Bösen, gezielt oder versehentlich, fernzuhalten, ihn zu lehren, eine Insel zu sein. Tränen stiegen in seine Augen, als er daran dachte, daß es allein von ihm abhing, ob er sie erreichen würde oder nicht.

Der Bäckereijunge wartete auf der Straße um die Ecke auf ihn. »Jehosafat kennt jemanden im Club der Ghanaer, der weiß, wie man Dämonen austreibt«, sagte er zu Babu.

»Wer?«

»Jehosafat«, sagte der Junge und rannte zurück zur Bäckerei.

Diese Rumänen, die eigentlich auch Ghanaer, Nigerianer, Filipinos und Brasilianer waren, waren für ihn die Stille der hohen Berge gewesen. Er sprach nicht mit ihnen und sie nicht mit ihm. Sie hielten, allein durch ihre Anwesenheit, alle Menschen von ihm fern, die mit ihm hätten reden können. Ihr von Kalk und Mörtel eingemehltes Haar, die dreckverkrusteten Schuhe, die Unterwürfigkeit von rechtlosen Sklaven, die ihre Körper auf den Mais- und Baumwollfeldern verdingten, in den Goldminen, auf den Bananen- und Kaffeeplantagen, beim Schienenlegen, in den Sümpfen und Wäldern auf dem Festland und auf Schiffen zur See, die ihre Körper jedem verkauften – ob Königsgarde, Rebellenbanden, Legionen des Glaubens oder Phalangen der Republik –, der zu zahlen bereit war, mit der Ergebenheit von Menschen, die man unterdrücken und ausnutzen kann, weil sie den Mund nicht aufmachen und sich nicht beklagen werden, da ihre Existenz von ihrer Unsichtbarkeit, Durchsichtigkeit abhängt – diese demütige Durchsichtigkeit war es, die den Freizeitbesuchern auf diesem Hügel zwischen Tel Aviv und Jafo den Ort verleidete. Alle – die Familien mit den Grillrosten, die Touristen mit den Rucksäcken, die Morgen- und die Abendjogger, die Jungen mit den Ohrringen und Surfbrettern, die russischen Damen, die Väter mit den Drachen – sie alle mieden Babus dunkle Bar mit den alten Reifenhaufen im Hof, die zu einer dreckigen Latrine geworden waren. Er gab den Rumänen einen Ort, der »ihrer« war, verkaufte ihnen Bier und spendierte das Pita am Mittag, und darüber hinaus bestand keine Beziehung zwischen ihnen. Die Spielregeln waren festgelegt worden, ohne je formuliert zu werden, und wenn sich ein Neuer ihrer Truppe anschloß, war das das erste, das sie ihm beibrachten: nicht mit dem Barboß sprechen.

Aber Jakov redete mit dem Barboß, und Jakov sagte ihm die Dinge, die die Rumänen ihm nicht sagten, und der Barboß sagte Jakov nicht, daß er nicht mit ihm reden wollte, denn alles Reden ist Reibung, die Reibung nach sich zieht. Und so gelangte über Jakov der Klatsch von den Rumänen zu ihm, die Geschichten, die eine dumpfe Existenz von der anderen unterschieden, sie mit einer Identität, einem Namen und einem Lebenslauf versah, wovon er nichts wissen wollte. Dabei existierte dieser Ort schließlich nur deswegen, so wie er war, weil er ihm ermöglichte, nicht zu wissen, was er nicht wissen wollte. Jedesmal nach Jakovs Gerede begann dieser Bohrer in seinem Kopf zu rattern, sprühte Funken, erfüllte ihn mit Lärm und gleißenden Flammen, und es dauerte Stunden, manchmal auch Tage, bis es ihm gelang, sich die Stille und die Berge des Himalaja zurückzuholen. Und jedesmal beschloß er von neuem, nicht mehr hinzugehen, und ging doch am Monatsanfang wieder zu Jakovs Bäckerei, um seine Schulden zu bezahlen und dem Moloch des Lebens seinen Tribut zu zollen.

Jehosafat war Nigerianer, nicht Ghanaer, und er fragte sich, ob sich der Junge geirrt hatte, als er sagte, daß Jehosafat jemanden im Klub der Ghanaer kannte, der Dämonen austreiben konnte. Und überhaupt, seit wann hatten die Ghanaer einen Klub? Was sollte das heißen, »Klub«? Soweit er wußte, war seine stinkende Strandbar ihr »Klub«. Hatte er vielleicht eine Kirche gemeint? Oder war vielleicht auch die Bezeichnung »Ghanaer« nur ein genereller Begriff für irgendeine Gruppe von Arbeitern, die sich irgendwo versammelte, ähnlich dem Namen »Rumänen«, den er seiner Gesellschaft gegeben hatte? Hatte dem Jungen jemand gesagt, er solle sich an ihn wenden, oder hatte der Junge das aus eigenem Antrieb getan? Warum sollte jemand denken, daß er in diese ganze Geschichte verwickelt sein müßte oder wollte?

Ein Teil der Rumänen spielte Fußball. Es handelte sich offenbar um ein Trainingsspiel, da sie wieder in einer Gruppe spielten, alle zusammen dem Ball nachliefen. Michail, der Schiedsrichter, war jetzt der Trainer, pfiff und schrie und wedelte mit den Händen, und Jehosafat war der Torwart. Babu fragte sich, ob er dank seiner Beziehungen zum ghanaischen Klub zu dieser Ehre gekommen war. Er war groß, sein Körper voll und stark, nicht allzu flink, seine kaffeeschwarze Haut glänzte vor Schweiß. Er konnte sich nicht erinnern, ihn jemals in Eile oder ärgerlich gesehen zu haben. Er hatte die ruhige Sicherheit eines Menschen, der sein Leben gemäß einem Plan führt, den er für sich bestimmt hat. Er fragte sich, ob dieses duldsame Temperament durch die Gegend geprägt worden war, der er entstammte, die dichten feuchten Wälder oder die Sümpfe, Lagunen und Flußdeltas oder die Wüstensteppen. Nein, er mußte aus der Stadt kommen. Er sprach Englisch und konnte lesen und schreiben. Manchmal, wenn alle spielten, saß er abseits und las Zeitung. Sicher war er auf eine Missionsschule gegangen. Er hatte die tiefe Stimme von schwarzen Predigern, und wenn er sprach, hörte man ihm zu. Ihm fiel ein, daß jemand gesagt hatte, er hätte in der Vergangenheit auf den Ölfeldern am Nigerdelta gearbeitet.

Corneliu spielte mit seinen Freunden am Tisch draußen Karten, sein Gesicht schien grau. Die späte Nachmittagssonne reflektierte hin und wieder ein Funkeln aus seinem Mund, wenn ein Lichtstrahl auf den Goldzahn traf, aber es war ein armseliger Abglanz ohne die Pracht und Herrlichkeit wie bei der Paarungszeremonie, die sie damals hier abgehalten hatten. Auch seine Kameraden wirkten gedrückt. Als das Fußballspiel beendet war und die Truppe sich unter geräuschvollem Stöhnen auf dem Gras ausstreckte, nahm George, der krummbeinige Satyr, ein Tablett mit Bier und verteilte es an alle. Im allgemeinen kaufte sich jeder sein Bier selbst, und nur manchmal luden die Fans als Geste die Torschützen aus der Siegermannschaft zu einem Bier auf ihre Kosten ein. Corneliu zog eine Tafel Schokolade »Rote Kuh« aus einer Papiertüte und gab sie Jehosafat. Jehosafat aß die ganze Tafel auf, und als er fertig war, holte Corneliu aus der Papiertüte noch eine Tafel. Auch sie aß Jehosafat bis auf den letzten Rest, während die Gesellschaft ihn lächelnd beobachtete. Irgendeine Zeremonie ging hier vor sich. Versöhnung oder Bestechung. Sie wollen, daß er sie zu seinem Freund bringt, der Dämonen austreibt, dachte Babu, und bestechen ihn mit Schokolade. Bringen dem Botschafter des Stammeszauberers ein Opfer, damit jener den Dämon austreibt, der in Gloria gefahren ist. Er entsann sich Jakovs Frage, ob Gloria bei ihm zu Hause auch geschrien habe. War es möglich, daß der Dämon wegen dieses Kellerlochs in sie gefahren war, in dem sie jetzt mit Corneliu und den ganzen Rumänen wohnte? Wegen der Luft, stickig vom Atem der Dutzende von Arbeitern, die auf zerschlissenen Decken und Kartons schliefen, wegen der Autobusabgase, die über die Treppenschächte einsickerten, wegen des Lärms der Stadt, der nicht einen Augenblick lang aufhörte, in diese Höhle einzudringen? Wem drohte sie mit ihrem Männergebrüll, vor wem verteidigte sie sich, wer, wer war der Mann, der aus ihrer Kehle schrie? Attackierte sie ihn oder er sie?

Als er mit verbranntem Rücken und gebrochenen Knochen im Krankenhaus lag, hatte eine Frau aus Aschkelon, deren Mann im gleichen Zimmer lag, einen Wunderzettel für ihn mitgebracht, der von irgendeinem chassidischen Rabbi beschrieben worden war, und seiner Mutter geraten, ihn unter sein Kissen zu legen, als Schutz vor bösen Geistern. Sie sagte, böse Geister liebten Orte wie Krankenhäuser, Badeanstalten und Klosetts, ganz besonders zu bestimmten Tagen und Stunden, und Essen, Trinken und Paarungen. Und im Gegensatz zu den Totengeistern, die aus ihren Gräbern herauskommen, sähen die bösen Geister ganz wie jeder Mensch aus, man könnte sie nicht auseinanderhalten, weshalb sie äußerst gefährlich wären und es wichtig sei, sich vor ihnen in acht zu nehmen. Die Totengeister seien weitaus weniger gefährlich, denn sie wollten nur ihre Wanderschaft auf Erden beenden, endlich ins Paradies oder die Hölle gelangen, und träten nur vorübergehend in den Körper des Menschen ein, bis sie erlöst würden.

Er fühlte die Hand, die den Wunderzettel unter das Kissen schob und spürte das Kissen unter seiner Schläfe brennen. Sein eines Auge war wegen des Hornhautrisses noch verbunden, und er lag auf der Seite aufgrund seines verbrannten Rückens und der Kugel im Bauch. Er wollte schreien, ich will diesen Zettel nicht, ich will ihn nicht. Ich, ich bin der Geist, der zwischen Paradies und Hölle umherwandert; ich, ich bin der böse Geist, der wie jedermann aussieht; vor mir, vor mir muß man sich in acht nehmen; ich, ich bin derjenige, der einem kleinen Jungen nachgerannt ist, während feurige Flammen aus meinen Nüstern schlugen und meine Bocksfüße auf der Todesjagd waren. Ich bin der Seraph, ich bin der Engel, ich, ich, und ich bin auch die Wunderinschrift. Die Schwestern steckten den Zettel immer an seinen Platz unters Kissen zurück, wenn sie die Laken gewechselt hatten, und er wurde Teil seiner Existenz. Die Frau aus Aschkelon mit ihrem Mann war längst weg, doch ihr Zettel blieb ihm, ihr Botschafter in seinem Leben, der ihm ihren Willen, ihren Glauben aufzwang. Auch als er wieder sprechen konnte und seine Mutter bat, den Zettel wegzuwerfen, brannte dieser weiterhin unter seiner Schläfe. Der Geigerzähler versengte seinen Kopf mit den Ängsten und Schrecken der Aschkelonfrau, mit den wilden nächtlichen Träumen von strafenden Wunderrabbis und rachedurstigen Kabbalisten, die nicht die seinen waren, und da hatte er begriffen, daß er sich in einen Geigerzähler verwandelt hatte, der die gesammelten Ängste und Schmerzen der Welt registrierte. Damals begann er sich zu fragen, wie er mit diesem ständig vibrierenden Geigerzähler in seinem Kopf weiterleben könnte, wohin er vor diesem ganzen Leid, das Himmel und Erde erfüllte, fliehen sollte.

Draußen klang plötzlich Freudengeschrei auf. Die Rumänen hoben Jehosafat samt dem Stuhl, auf dem er saß, in die Höhe und rannten mit ihm auf dem Hügel hin und her. Es schien, als würde er gleich herunterfallen, jetzt, fast, so wie er schwankte, kippte und sich wieder aufrichtete, den Mund vor Schreck und Lachen aufgerissen, mit in der Luft rudernden Händen wie ein Ertrinkender. Als sie ihn schließlich unter lautem Gelächter absetzten, fiel er auf den Rücken, sein großer Bauch hob und senkte sich heftig, und seine Füße waren nackt. Jemand brachte seine Sandalen an, und er setzte sich auf und zog sie an.

»Und er soll auch kommen«, er deutete in Richtung der dunklen Bar.

»Sicher, sicher.«

Er sah, wie sie die Delegation zusammenstellten, George, der krummbeinige Kuppler, Michail, der Schiedsrichter, der Dominomeister, der Stefan hieß, und Corneliu.

Der Rest blieb draußen und verfolgte von dort aus das Geschehen in der Bar.

»Mister Babu«, sagte George, während er die schmutzige Kappe vom Kopf nahm. »Geben Sie uns die Ehre, Mister Babu. Kommen Sie in den Klub Ghana am Sonntag um fünf nachammittag. Wir alle kommen.«

»Bedaure. Kann nicht.«

»Es ist für Gloria.«

»Kann nicht.«

»Der Ingenieur bittet, daß Mister Babu kommt. Er sagt, Mister Babu ist gut.«

»Wer ist der Ingenieur?«

»Freund von Jehosafat Gordon, der Gloria hilft.«

»Geht nicht.«

»Mister Babu hilft Gloria, und Jehosafat sagt, ist wichtig für Gloria, daß Mister Babu kommt.«

»Nein.«

»Wenn Mister Babu nicht kommt, kommt der Ingenieur nicht.«

»Warum?«

»Der Ingenieur sagt, Mister Babu hat Kraft.«

»Mister Babu hat keine Kraft.«

»Er sagt, er hat.«

»Hat er nicht.«

»Wir zahlen Geld für die Zeit.«

»Nicht nötig.«

»Das ist, wo die Kirche von den Polen ist, rechts von dem Schuhladen, drinnen der Hof. Sonntag um fünf nachammittag.«

Corneliu nahm zwei Flaschen Bier und ging hinaus. Der Rest lungerte noch einen Augenblick zögernd herum und folgte ihm dann nach draußen. Corneliu reichte Jehosafat eine der beiden Bierflaschen. Jehosafats Stellung hatte sich geändert. Er wußte etwas, das die Rumänen nicht wußten. Er hatte etwas, das sie wollten.

8

Den Klub der Ghanaer betrat man über eine schmale Gasse innerhalb der Neve-Scha'anan-Straße, der Straße der Schuhgeschäfte. Er kannte diese Gegend gut. Ins Zentrumskino war er mit Freunden immer gegangen, als er noch auf der Schule war. Sie logen, sie seien achtzehn, und setzten sich, schwitzend vor Lust und Scham, neben onanierende alte Männer. Dort, in dem stinkenden Kino, lernte er etwas, das ihm keine Schule der Welt beigebracht hatte, erhielt eine Lektion erteilt, die ihn klüger ins Leben entließ: die Verbindung zwischen Begierde und Sünde, Genuß und Scham. Einmal saß ein dicker Mann neben ihm, der eine weiche Hand auf seine Hosen legte und die harte Schwellung darunter streichelte, während er selbst mit heißen Augen dem Beischlaf auf der Leinwand oben zuschaute und die Hand nicht wegstieß. Er war der mythologische schwarze Mann mit dem herrlichen muskulösen Körper und dem gewaltigen Glied auf der Leinwand, und er war die rosa Brustwarzen, die sich an den riesigen weißen Brüsten, der mythologischen Frau aufrichteten, die ihrem Orgasmus entgegenritt, und als sie ans Ende gelangt waren, befand sich sein Penis schon aus der Hose draußen und hatte sich über die dicke Hand des neben ihm zitternden Mannes ergossen. Er floh hinaus und lief die ganze Nacht durch die Straßen, überflutet von Brechreiz und Ekel, Scham und Träumen von mörderischer Rache an dem fremden Mann, der ihm nichts getan hatte, was er nicht selbst gewollt hätte. Er hörte nicht auf, ins Zentrumskino zu gehen, hatte jetzt jedoch ein japanisches Messer in der Hosentasche und wartete darauf, den dicken Mann wieder zu treffen, die suchende Hand in seiner Lendengegend zu spüren, träumte davon, wie er sie mit einem einzigen starken, sauberen Schnitt abtrennte, wie sich der Samen auf der Leinwand mit dem Blut der übergreifenden Hand mischen und die Schreie der Lust und des Vergnügens mit den Schmerzensschreien des fremden Mannes verschmelzen würden. Er traf den dicken Mann nie wieder, und die jämmerlichen Gestalten um ihn herum begnügten sich damit, sich selbst zu befriedigen, und nur in ihm blieb die unerfüllte Hoffnung auf einen mit Blut verbundenen Orgasmus zurück. Auch nachdem er bereits mit vielen Frauen geschlafen hatte, war die Lust für ihn vom Geschmack des Blutes in seinem Mund begleitet, und immer, wenn er einen Orgasmus hatte, blitzte für den Bruchteil einer Sekunde vor seinen Augen der Stahl des japanischen Messers auf.

Die meisten Leute in der Gegend des zentralen Busbahnhofs waren Fremdarbeiter, und hier war er selbst der Fremde unter den Fremden. Sie witterten die Herrenrasse in ihm, den Polizisten, den Detektiv, den Zollbeamten und den Muskeljäger, den Mann, der Essen im Bauch, ein Dach überm Kopf und einen Fluchtweg hatte, der Mann, dessen Gesicht und Papiere vertrauenswürdig waren, dessen Wort und Existenz authentisch waren. Das bloße Betreten dieses Ortes machte ihn in ihren Augen verdächtig. In der Luft wirbelten Gerüche nach Fleisch und Fischen, die in den Höfen und auf den Bürgersteigen auf offenem Feuer gebraten wurden, nach fremdartigen Speisen und Düften, die er nicht kannte. Der Junge mit den Pitabroten hatte ihm einmal gesagt, daß die Hurensöhne die Katze der bulgarischen Schneiderin gegessen hätten.

Da es Sonntag war, hatte ein Teil der Arbeiter Ruhetag. Sie trugen ihre guten Kleider, gingen in die Kirche, machten Besuche oder einfach einen Spaziergang mit ihren Kindern, bemüht, ihn nicht anzuschauen, wie Häftlinge, die jeglichen Blickkontakt mit dem Wärter zu vermeiden suchen, der seinen Rundgang im Gefängnis macht.

Diese Leute waren die Menschheit, in deren Mitte er zu leben gewählt hatte, Menschen, die als Ebenbilder erschaffen worden waren, für die jedoch – soweit es ihn betraf – die Verhaltensstereotypen nicht galten, die ihm von Geburt an eingeprägt und anerzogen worden waren, und auch nicht das Moralsystem, das Liebe und Haß, Begehren und Mitleid beinhaltete. Er sah sie nicht und hörte sie nicht, und Israel gute Nacht. Dieses Prinzip war jetzt ins Wanken geraten. Er hätte von vornherein wissen können, daß das am Ende passieren würde. Es war zu vermuten gewesen. Mit großer Anstrengung hatte er es geschafft, nach Tibet zu gelangen, doch in seinem Tibet waren auch diese Leute, und sogar wenn er nicht mit ihnen sprach, so waren sie doch da. Allein sich mit ihnen an einem Ort zu befinden veränderte seine Welt und verwandelte sie in ein anderes Tibet, ein Tibet, in dem es Rumänen gab. Das war nicht die absolute Einsamkeit, die er sich selbst versprochen hatte, als er ein ganzes Jahr in dem einen und ein zweites Jahr in dem anderen Krankenhaus lag und zu verstehen versuchte, zu welchem Zweck ihm dieses Leben geschenkt worden war, was er damit anfangen sollte, wenn er wieder in die Welt hinausginge. Es mußte doch schließlich irgendeine logische oder moralische Konsequenz aus der Tatsache abzuleiten sein, daß er beinahe ein Kind umgebracht hätte. War es denn möglich, daß die Dinge keine Ursache, Bedeutung oder Ziel hatten?

Den Grund der Dinge entdeckte er nicht, und die einzige Schlußfolgerung, zu der er zu gelangen vermochte, war operativ: Wenn er mit niemandem Kontakt aufnahm, würde er auch niemandem Böses tun. Nur dieses bißchen konnte seiner Existenz eine wie auch immer geartete Bedeutung verleihen. Das Bestreben, nichts Böses zu tun, war eine hinkende Antwort für ein Leben nach der Verfolgungsjagd auf den Coca-Cola-Jungen, seinen eigenen verbrannten Körper und den der alten Araberin und die Schüsse der Kameraden in seinen Bauch. Die einzige Lehre, die er daraus zu ziehen vermochte, war, daß ausschließlich er für seine eigenen Taten verantwortlich sein konnte, und wenn er die richtige Verhaltensweise im Leben fände, würde es ihm gelingen, seine Seele vor dem Bösen zu bewahren. Jeder Kontakt mit dem Nächsten, entschied er, verändert zwangsläufig die Kräfteverhältnisse zwischen den Menschen: Einer gibt, und einer nimmt, einer zerstört, und einer repariert, einer verletzt, und einer wird verletzt. Seine Kraft war die Schwäche eines anderen und umgekehrt. Nur die selbst auferlegte Isolation, die Einsamkeit, die seine Lebensart und seine Bibel des Tun und Lassens geworden war, nur sie würde ihn vor dem Bösen und Schlechten retten. Es gab keinen himmlischen Plan, es gab kein Entrinnen vor dem Tod, keine Erlösung am Ende der Tage. Er besaß auch keinen Glauben an Gott oder Menschenliebe, und nicht Gnade und Erbarmen oder Prinzipien der Gerechtigkeit hatten ihn dazu veranlaßt, die ärmsten, erniedrigtsten und unterdrücktesten Menschen in der ganzen Stadt bei sich zu versammeln. Sie waren die ultimativen Fremden, und das war ihr Vorzug. Er versuchte nicht, den Ursprung des Bösen in der Welt zu verstehen, sondern akzeptierte sein Vorhandensein als gegeben und wußte, kein Mensch würde jemals reparieren können, was auf der Welt reparaturbedürftig war, und das einzige, was er angesichts dieser ewigen Unbeantwortbarkeit machen konnte, war, nichts zu tun. Die Handlungslosigkeit war es, die einem irrelevanten Leben Bedeutung verleihen würde, denn diese Inaktivität war der geringste Schaden, den ein Mensch im Laufe seines Lebens bei seinem Nächsten anrichten konnte.

Er betrat die Gasse, die zum Klub der Ghanaer führte. Noch hätte er sich umdrehen und wieder weggehen können, aber er ging weiter. Im Hof des Klubs stapelten sich leere Pappkartons, und in der Luft schwebte der Duft nach frischem Schuhleder und Leim. Er ging dem Gesang nach, der aus dem rückwärtigen Teil des Hofes erklang. In einem Raum, der nicht größer war als seine Bar, drängten sich etwa sechzig Männer und Frauen zusammen, und der Geruch von Kerzenwachs und Weihrauch verschmolz mit dem Geruch der Menschen. Die meisten Leute im Raum waren anscheinend Ghanaer. Die Männer hatten gebügelte Hemden und Anzüge an, und die Frauen trugen Hüte mit Früchten und Gemüse darauf. An einer Wand entdeckte er seine Rumänen, mit Krawatte und gestriegelt, und an der gegenüberliegenden Wand war offenbar die brasilianische Hilfsarmee des gesetzlichen Ehemanns versammelt, und die beiden Heere verfolgten mit blitzenden Augen den Gesang und die Tänze der Afrikaner.

Corneliu bemerkte ihn und stieß George mit dem Ellbogen an, und dieser begann, sich einen schlängelnden Weg durch das dichtgedrängte Publikum in seine Richtung zu bahnen.

»Mister Babu kommt zu uns.«

»Nein. Ich bin hier.«

»Nicht gut, an der Tür, Mister Babu. Komm zu uns. Eine Ehre für uns.«

»Nein.«

George zögerte, kämpfte mit sich, was er angesichts dieser Weigerung tun sollte. Als er offenbar beschlossen hatte, daß er Mister Babu nicht dazu überreden würde können, seinen Posten an der Tür zu verlassen, trat er den Rückweg zu seinen Freunden an.

Gloria saß auf einem hohen Barhocker in der Mitte des Raumes. Ihre dünnen Beine baumelten in der Luft, und auf ihrem blassen Gesicht glänzten Wassertropfen. Zwei ältere, dicke schwarze Frauen in geblümten Kleidern tanzten zum Gesang und unter dem Klatschen und Trampeln der Gemeinde um Gloria herum. Jehosafat Gordon, ähnlich einem Priester gekleidet, schüttete hin und wieder Wasser aus einem kleinen Eimer in seiner Hand über Gloria, wobei er schrie: »O Sumsum!« Die dicken Tänzerinnen beschleunigten den Takt ihrer Windungen nach jedem »O Sumsum!« und stießen ein Geheul aus, das von der Gemeinde begleitet wurde.

Wie es schien, war Jehosafat Gordon, den die Rumänen mit Schokolade bestochen hatten, damit er seine Aufgabe als Vermittler und Botschafter wahrnahm, selbst der Priester. Der Ingenieur war der Stammeshäuptling und Anführer der Gemeinde. Er hatte eine »Kraft«, von der keiner der Rumänen etwas wußte, die er sorgfältigst unter dem Erscheinungsbild des Arbeiters aus Nigeria verbarg. Er war der Agent mit der Doppelidentität, der Zauberer mit der Robe, der den Teufeln, Geistern und Dämonen auflauerte, Meister der Irreführung und Herr des Hinterhalts. Ob die Maske, die er jetzt trug, ihm ein Gefühl von Freiheit verlieh? Schaut her, ich bin nicht Jehosafat Gordon, der »rumänische Arbeiter« aus Nigeria, schaut mich an, ich bin hier augenblicklich der Herrscher, ich bin derjenige, der die Zeremonienregeln bestimmt, ich bin der Ritter der Schlachten und Asket, Derwisch und Kreuzritter der Barone, Hirte und Kinderkreuzzügler; ich bin der Eroberer, der Befreier und der Büßer und spreche von Sünden los;

ich bin Dschingis Khan an der Spitze der mongolischen Reiterhorden, bin Fernand Magellan, Vasco da Gama und Columbus, der sich einen Weg in die Tiefen der Unterwelt, ins Reich des Feuers bahnt; ich bin der Erlöser, der Erretter, ihr seid die Herde, und ich bin der Hirte, ihr seid die Irrenden, und ich bin der Weg, ihr seid die Dürstenden, und ich bin die Quelle.

Er kannte dieses Gefühl, den Schutz, den die Maske dem Gesicht dahinter verlieh, die Macht des Geheimnisses, das sich unter ihr verbarg. An der Stelle, an der Jehosafat Gordon heute stand, stand er selbst Tag für Tag und Stunde für Stunde.

Gloria war beinahe ohnmächtig, als sie von dem hohen Stuhl zu Boden stürzte. Sie begann, wild auf alle Umstehenden einzuschlagen, und aus ihrer Kehle brach sich die rohe Stimme eines gewalttätigen Mannes Bahn, der jemanden beschimpfte und schmähte, den er Eating Witch nannte, die fressende Hexe.

– Wer ist die fressende Hexe?

Jehosafat Gordon bestritt die Zeremonie auf englisch. Er stand auf einem Stuhl, seine Hände zur Decke erhoben, und spuckte der fluchenden Frau, die sich auf dem Fußboden wand, Fragen ins Gesicht, die die ganze Gemeinde jedesmal im Chor wiederholte.

– Wer ist die fressende Hexe?

– Wo ist die fressende Hexe?

– Wie heißt die fressende Hexe?

– Wen frißt die fressende Hexe?

– Wer ist sie?

– Wer ist sie?

– Wer ist sie?

Jehosafats Rufe, das Echo des Chors und die lautstarken Beschimpfungen des Mannes aus Glorias Mund ließen Babus Geigerzähler mit solcher Wucht ausschlagen, daß er bereits willens war zuzugeben, daß er, er selbst, die fressende Hexe war, nur damit wieder Stille im Raum einkehrte und dieser Klöppel in seinem Kopf endlich zu dröhnen aufhörte.

Jehosafat stieg von dem Stuhl herunter, nahm einen Reisigbesen zur Hand und berührte mit dessen Ende eine der Ghanaerinnen, während er rief: »Ist das die fressende Hexe?«

»Nein!« rief die ganze Gemeinde.

Er berührte mit dem Besen einen der Rumänen und rief: »Ist das die fressende Hexe?«

»Nein!« erwiderte die Gemeinde.

Der Rhythmus der Berührungen, Fragen und Antworten beschleunigte sich zunehmend, und Jehosafat rückte so von einem zum anderen vor.

Als er mit seinem Besen Babu berührte, fragte er wieder: »Ist das die fressende Hexe?«

»Nein!« schrie die Gemeinde, und Babu begann zu weinen. So weinten Bergarbeiter, die aus einer eingestürzten Mine herauskamen, so weinten Schiffbrüchige, die den Tiefen des Meeres entronnen waren, so weinten Mütter, deren Söhne verwundet, aber lebend aus den Schlachten zurückkehrten, und so hatte er geweint, als sein Körper in den Flammen verbrannt war, er den Coca-Cola-Jungen jedoch nicht getötet hatte, nein, er hatte ihn nicht getötet.

Als er sich die Augen trocknete, entdeckte er, daß auch die übrigen Leute im Raum weinten, einige laut, andere still. In jedem einzelnen von ihnen hatte sich eine fressende Hexe verborgen, die nach dem befreienden »Nein!« der Gemeinde in Rauch aufging.

Jehosafat berührte einen der Brasilianer, einen kleinen Mulatten um die dreißig, und Gloria fuhr vom Fußboden in die Höhe, schnappte sich den Besen aus Jehosafats Händen und begann damit auf den Mulatten einzuschlagen, während ein Strom von Flüchen aus ihrem Mund brach. Der Mulatte hüpfte von einer Seite auf die andere und versuchte, dem Veitstanz mit dem Besen zu entkommen, bis er schließlich aufgab, stehenblieb und zu zucken anfing, sein Körper sich verzerrte und seine Augen vor Furcht aus den Höhlen traten.

»O Sumsum!« rief Jehosafat Gordon, während Gloria immer noch auf den Mulatten einschlug, »O Sumsum! O Sumsum!«

»O Sumsum! O Sumsum! O Sumsum!« stieg der Schrei im Raum aus aller Munde auf, und die Klagetänzerinnen überflügelten das Heulen des Publikums. Es schien, als wetteiferten alle im Raum miteinander, wer von ihnen am allerlautesten brüllen, wer sich am meisten winden und wer am heftigsten weinen konnte, als sei dies eine Prüfung oder ein Zeugnis für Unbestechlichkeit, besondere Spiritualität, perfekten Glauben und Unbescholtenheit.

Jehosafat hielt nun den Besen in die Höhe, und mit einem Schlag herrschte Stille im Raum. Er nahm den Eimer und goß wieder Wasser sowohl über Gloria als auch über den Mulatten aus. Gloria lag jetzt naß und zitternd auf dem Boden, und die Stimme, die aus ihrer Kehle drang, war wieder die der Frau in ihr.

»Wie heißt du?« fragte Jehosafat den Mulatten.

»Viktor.«

»Viktor!« schrie Jehosafat.

»Viktor! Viktor! Viktor!« brüllte die Gemeinde.

»Wer ist die fressende Hexe?« fragte Jehosafat den Mulatten.

»Meine Mutter«, antwortete der Mulatte.

»O Sumsum!« schrie die Gemeinde.

»Wo ist sie?« fragte Jehosafat.

»In Brasilien.«

»Wo in Brasilien?«

»Santa Katharina.«
»Wo in Santa Katharina?«
»In unserem Dorf.«
»Was frißt sie?«
»Unsere Tochter.«
»Was heißt ›unsere‹?«
»Von mir und Gloria.«
»O Sumsum!« schrie die Gemeinde. »O Sumsum!«
»Wie alt ist eure Tochter?«
»Eineinviertel Jahre.«
»Wie heißt sie?«
»Soledad.«
»Warum frißt deine Mutter Soledad?«
»Damit Gloria eine gute Frau wird.«
»Deine Mutter wird Soledad Gloria geben.«
Der Mulatte schwieg.
»Deine Mutter wird Soledad Gloria geben. Soledad ist Glorias Tochter.«
»Soledad gehört mir«, flüsterte der Mulatte.
»Und Gloria?«
Der Mulatte schwieg.
»Und Gloria!« schrie Jehosafat.
»Und Gloria«, flüsterte der Mulatte.
»Du rufst deine Mutter an und sagst ihr, sie soll Soledad Gloria geben.«
»Und mir«, feilschte der Mulatte.
»Dir und Gloria.«
»Mir und Gloria.«
»Wer gibt Soledad dir und Gloria?«
»Meine Mutter.«
»Wer wird deiner Mutter sagen, daß sie Soledad Gloria geben soll?«
»Ich.«
»Wann wirst du es ihr sagen?«

Der Mulatte schwieg.

»Wann?« donnerte Jehosafats Stimme.

»Wann?« echote der Schrei der Gemeinde. »Wann?«

»Am Abend. Heute abend.«

»O Sumsum!« schrie Jehosafat Gordon.

»O Sumsum! O Sumsum! O Sumsum!« rief die ganze Gemeinde nach ihm.

Gloria weinte still, umarmte ihren Körper, wiegte sich und stieß hin und wieder den Namen Soledads aus.

Zwei Ghanaerinnen mit roten Hüten hielten Gloria nun an Füßen und Schultern, und Jehosafat steckte ihr ein Stück Keks in den Mund und berührte mit seinem Besen sanft ihren Bauch. Sie verstand anscheinend, was man von ihr wollte. Sie stöhnte mit ihrer eigenen Stimme, erstickt vor Schmerz.

»Pressen!« befahlen ihr die Ghanaerinnen. »Pressen!«

Es war eine richtige Geburt in jeder Hinsicht. Mit den Pausen zwischen den Wehen und dem Schmerz, der sich bis zur Unerträglichkeit verstärkt, schließlich der letzte Schrei und die kleine Puppe, die eine der Ghanaerinnen zwischen Glorias Beinen herauszog, und das strahlende Lächeln auf ihrem erschöpften Gesicht, überströmt von Schweiß und Tränen.

»Es gibt keine fressende Hexe«, verkündete Jehosafat Gordan der ganzen Gemeinde. Er stand jetzt wieder auf dem Stuhl.

»O Sumsum!«

»Das Licht besiegt die Finsternis!«

»O Sumsum!«

»Die Wahrheit besiegt die Lüge!«

»O Sumsum!«

»Es gibt keinen Sumsum! Keinen Sumsum! Keinen Sumsum!« schrie Jehosafat Gordon, und die ganze Gemeinde eiferte ihm nach mit dreifachem Schrei.

Gloria erhob sich vom Boden, und mit einemmal herrschte Heiterkeit im Raum. Die Leute lachten und schwatzten, einige umarmten und küßten einander, andere zündeten sich Zigaretten an, und ein paar Frauen gingen mit Tabletts mit Coca-Cola und Keksen umher. George, mit braunen Gabardinehosen und blauer Krawatte, überreichte Jehosafat eine Bonbonniere, verziert mit roten Rosen. Jehosafat lachte, die weißen Zähne blitzten in seinem kaffeeschwarzen Gesicht.

»Wie macht man das?« fragte ihn George.

»Das ist Technik.«

»Gibt es eine Schule?«

»Nein. Das ist in der Familie. Vom Vater. Und Großvater.« Jehosafat öffnete die Bonbonniere und aß die Pralinen, hielt sie ab und zu mit nicht übermäßiger Begeisterung den Leuten neben sich hin. Er war wieder Jehosafat Gordon, ein Bauarbeiter aus Nigeria, der Schokolade liebte.

Die zwei Klageweiber gingen mit einer leeren Konservenbüchse zwischen den Leuten umher und baten die Versammelten, Geld für Glorias Flugkarte zu spenden. Babu zog zwei Scheine aus seiner Hosentasche, steckte sie in die Büchse und ging hinaus.

Weshalb war der Sumsum gerade jetzt in Gloria gefahren, fragte er sich verwundert, warum fuhr der fluchende Dämon ausgerechnet dann in sie, als sie Corneliu Goldzahn fand, Liebe gefunden hatte? Wollte sie zerstören, was ihr Glück bereitete? Das Schicksal versuchen? Schließlich war ihre Tochter auch bisher bei der Person gewesen, die sie »fressende Hexe« genannt hatte. Bis jetzt hatte sie sich also keine Sorgen gemacht. Meinte sie denn, daß ihre Schwiegermutter dem Kind etwas antat wegen Glorias Verrats an ihrem Sohn? Wenn sie glaubte, daß die Schwiegermutter die Macht zu schaden besaß, weshalb hatte sie das Mädchen bisher bei ihr gelassen?

Das Glück! Der Gedanke traf ihn wie ein Blitz. Wegen des Glücks war der Sumsum in sie gefahren. Weil es ihr plötzlich gutging. Die ganze Zeit, als sie mit ihrem Mann zusammenlebte und es ihr schlechtging, verspürte sie kein Bedürfnis, ihre Tochter herzuholen. Als sie sich aber verliebte und plötzlich glücklich war, fühlte sie sich schuldig, daß ihr Kind an dem Glück in ihrem Leben nicht teilhatte. Der fluchende Mann war nur ein Instrument, wie die Klänge der Hörner, eine Fahne oder Glockengeklingel, wie Jehosafats Besen, ein Mittel, das sie mobilisierte, um ihre Tochter zurückzuerhalten. Er blieb mitten auf der Straße stehen, blind gegenüber Gestalten, Geräuschen, Verkehr, als ihm aufging, daß er versuchte, Glorias Motive zu verstehen, ihren inneren Mechanismus zu entschlüsseln. Da, da passierte genau das, was nicht geschehen durfte: Er mischte sich ins Leben ein, und das Leben mischte sich bei ihm ein. Wie naiv er doch gewesen war, als er sich dachte, die Rumänen würden die Vogelscheuchen auf den Schneefeldern des Himalajas sein, und wie ungemein arrogant diese Naivität gewesen war.

9

Die armen Dummköpfe spielten weder Fußball noch Domino noch Karten. Sie standen unter einer Anspannung, die er von der Armee her kannte, wenn er und seine Kameraden wartend im Hinterhalt lagen. Etwas passierte oder würde demnächst geschehen. Sie befanden sich im Zustand irgendeiner Erwartung, die wichtiger als ihre Spiele war. Obwohl er spürte, daß sie mit ihm reden wollten, warfen sie keinen Blick in seine Richtung, und er tat so, als sähe er sie nicht. Ihre Erwartung sog ihn ein, ihre Spannung zitterte unter seinen Rippen. Wenn er nur die Bar hätte zusperren und nach Hause gehen können. Aber er konnte die Bar nicht schließen. Die Bar brachte das nötige Geld für seinen Lebensunterhalt ein, damit er von niemandem abhängig war. Worauf warteten sie, die armen Dummköpfe? Auf wen? In den ersten Tagen nach dem Besuch im Klub der Ghanaer war er noch auf glänzende Augen gestoßen, den Rest eines Lächelns, zögernde Bemerkungen. Schließlich hatten sie eine gemeinsame Erfahrung durchgemacht, er und die Rumänen, zusammen hatten sie Geister ausgetrieben, Seelen erlöst, zusammen hatten sie Leben gerettet. Sie waren zu einer Gemeinschaft von Gläubigen geworden, zu einem Geheimbund, zu einer Pilgergruppe, die gemeinsam vom heiligen Berg zurückgekehrt war, zu Wallfahrern, die Lourdes erreicht hatten, die Ufer des Ganges, Mekka, und gesund und wohlbehalten wiedergekommen waren, ihr Leben riskiert hatten und der Offenbarung teilhaftig geworden waren. Sie hatten ein Wunder vor ihren Augen geschehen sehen, wie viele solche Menschen würden sich auf der Welt wohl finden?

Da er ihnen weder antwortete noch auf Blicke oder Lächeln reagierte, stellten sie ihre Annäherungsversuche ein. Er wußte, sie waren beleidigt, doch er sagte sich, daß ihn das nicht interessierte, daß genau das ihn nicht im mindesten interessierte. Die Beleidigung war eine Handlung, und eine Handlung erzeugte Reibung, und Reibung drehte das Rad an die Stelle, an die er nicht zurückkehren wollte. Er war bemüht, den Rumänen nicht böse zu sein, daß es ihnen gelungen war, ihn zu verleiten, aus den Bergen des Himalaja herunterzukommen. Er investierte seine gesamte Energie, um die hohen Berge von neuem zu ersteigen, die Berge, die ihm weder Offenbarung noch Glauben, Wissen oder Befreiung versprachen. Sie waren nur dort, warteten auf sein Kommen, wenn er wollte. Sie würden ihn mit makellos reinem Weiß einhüllen und ihn darin aufgehen lassen, wenn er sie erreichte, jedoch nichts dazu tun, um ihm beim Hinaufklettern zu helfen. Den Weg würde er alleine machen müssen.

Manchmal, in der Nacht, schien es ihm, als hörte er das tiefe, leise Dröhnen der langen Hörner. Dann wagte er nicht, sich zu rühren, lauschte mit angehaltenem Atem, die Augen in die Dunkelheit gebohrt. Vielleicht würde er seine Mönche wiedersehen, die gelben Hüte, die ihn im Stich gelassen hatten, seitdem er zu dieser Zeremonie gegangen war, die Jehosafat Gordon im Klub der Ghanaer abgehalten hatte. Er begriff nicht, warum sie ihn verlassen hatten. Es handelte sich doch um keinen Machtkampf, Territorialansprüche oder Verrat an Prinzipien. Sie hatten nichts von ihm verlangt, die gelben Hüte, weder ein Opfer noch

Kasteiung, keine Versprechen oder Anhängerschaft, nicht einmal Loyalität. Nein, dachte er, sie hatten ihn nicht verlassen. Er hatte sie verlassen! Sie waren noch da auf den erhabenen Bergen, lebten ihr Leben ohne Vergangenheit und Zukunft, ohne Verzweiflung oder Hoffnung, Mitleid oder Ärger, ein Leben ohne Ziel und ohne Bestimmung. Sie erwarteten keine Gegenleistung, sie existierten, weil sie eben existierten, so wie die Berge und der Himmel, und wenn er dort ankäme, würde er sie wieder sehen und wieder ihre Hörner hören, und niemand würde Freude und ebensowenig Überraschung über seine Rückkehr zum Ausdruck bringen, da er, so wie sie, existierte, weil er eben existierte.

Gloria hatte er seit der Zeremonie im Klub der Ghanaer nicht mehr gesehen, aber Corneliu Goldzahn kam weiterhin mit seinen Freunden her. Er fragte sich manchmal, ob die beiden noch zusammen waren, und spürte, daß es so war. Er fühlte den Schimmer ihrer indianischen Haut, der sich in Augen widerspiegelte, spürte die dünnen Hände, die mit aller Kraft den mageren, starken Rücken umschlangen, und fast konnte er die Traurigkeit des Menschen hören, dem es plötzlich gutgeht, die Erinnerung an die Fußtritte, das Anspucken, die Demütigungen. Sie war die Mauleselin gewesen, die mit Stockschlägen angetrieben wurde, damit sie pflügte, ihre Existenz hing davon ab. Ausgerechnet jetzt, als ihr Körper vom Joch befreit wurde, gerade jetzt, wo die Narben zu verheilen begannen, da schlug die Demütigung zu. Er kannte diesen Ort in den Tiefen der Erde, wenn die bereits an die Dunkelheit gewöhnten Augen Konturen zu unterscheiden begannen, einen Felsvorsprung, trockene Erdschollen, das fahle Licht, das vielleicht einen Weg zum Ausgang erahnen ließ. Er kannte das folgende Zögern, wenn er der erneuten Sehkraft nachspürte, die Furcht, es sei nur ein Traum, eine Vision oder eine Sinnestäuschung vor lauter Dunkelheit.

Das war die Kreuzung gewesen, an der er nachzudenken begonnen hatte, weshalb er auf der Welt war. Das war der Scheideweg, an dem er gewählt hatte, nicht in der Welt existent zu sein, die er kannte, sondern sich die Welt geschaffen hatte, in der er existieren wollte – oder zumindest hätte können.

Er sah sie, bevor sie ihn sah: Madam »Ich-bin-ein-glückliches-Opfer« in blauem Hosenanzug und rosa Bluse mit weißem Spitzenkragen, und die Plastiktüte. Sie hatte immer eine Plastiktüte in der Hand, eine standardmäßige Überlebenseinrichtung für den Fall, daß die Kosaken wieder kämen, das Haus abbrannte, daß sie polnische Bauern oder deutsche Offiziere bestechen müßte oder ohne Essen und Trinken in den Wäldern festsäße, wenn plötzlich ein Vulkan ausbräche oder eine Lawine herunterkäme, soll alles schon mal vorgekommen sein, nicht wahr? Wer das nicht wahrhaben will, erinnert sich an nichts und hat nichts gelernt. Aber sie erinnert sich, Erinnerung ist die Grundessenz ihres Seins, und sie ist bereit, sie werden sie nicht wieder unvorbereitet erwischen, wozu wurde ihr denn diese Erinnerung gegeben, wenn nicht, um daraus irgendeine vernünftige Schlußfolgerung zu ziehen?

Die Rumänen gaben vor, die energische Dame nicht zu sehen, die auf ihrem Weg zur Bar übers dürre Gras des Hügels mit quietschenden Sohlen an ihnen vorbeistampfte, die mit jedem Schritt besagten: »Es gebührt mir«, »gebührt mir«, »gebührt mir«. Für einen Augenblick dachte er daran, sich zu verstecken, hinter der Theke in Deckung zu gehen, vielleicht würde sie wieder weggehen, wenn sie ihn nicht fände. Er spürte, wie sein Körper zu Nichts wurde, sich zusammenzog und verdunstete wie eine Qualle, die eine große Welle auf den Strand geworfen hat. Sechs Jahre hatte er sie nicht mehr getroffen, er hatte seine Schulden bei ihr getilgt, als er verbrannte und beinahe starb. Ein beispielhaftes Opfer war er gewesen, der Traum einer jeden jiddischen Mame, der Rabbi Amnon von Mainz war er, dem man ein Glied nach dem anderen abhackte und Salz in die Wunden streute, ein größeres Opfer konnte man kaum sein. Sie hatten sich gegenseitig geschlachtet, beide koschere Schlachttiere, das Blut abgedeckt, wie es religiöser Brauch war, und fuhren fort, mit ihrem geschächteten Hals durch die Welt zu springen.

Er hatte seinen Teil des Abkommens eingehalten, und bis heute hatte auch sie ihre Verpflichtung erfüllt und war weder bei ihm aufgetaucht noch mit ihm in Kontakt getreten. Dieses Eindringen in sein Territorium war ein Bruch des Gelübdes, das sie abgelegt hatten, nämlich jeder seiner Wege zu gehen und sein Leben zu leben, als ob der andere nicht existierte. Sie wußte, daß sie mit ihrer Ankunft ihren Resonanzkörper mitbrachte, das Leid, das sie wegen ihm erfuhr. Sein Geigerzähler empfing es, und dazu die Vervielfältigung ihres Leidens durch sein eigenes darüber, daß er ihr Leid nicht ertragen konnte, ein Echo im Echo, ein Spiegel im Spiegel. Sie gefährdete mit ihrem Auftauchen nicht nur seine Gesundheit, sein Leben gefährdete sie. Sie hatten es ihr doch gesagt, mit eigenen Ohren hatte er gehört, daß die Ärzte zu ihr gesagt hatten, er würde nicht am Leben bleiben, wenn sie weiterhin käme, was also war plötzlich los? Warum kam sie?

Er merkte, wie er vor ihr schrumpfte, sich vor ihren Augen wieder in das »Lebele, Bleibele, Lämmele, Flämmele« verwandelte, zu einem Haufen Knochen, zum Gerippe, spürte die Geister der Toten ihre rosa Bluse umschwirren und ihre krankhafte Genugtuung darüber, daß allem zum Trotz und trotz alledem ihr Junge lebte, lebte, lebte, ihn hatten die Verderber Israels nicht ausgelöscht, das Volk Israel lebt, lebt, lebt! Und sie selbst, denn wer war sie schon, eine einfache Frau, irgendein jüdisches Mädchen aus einem kleinen Städtchen, hatte die Bösewichter, getilgt sei ihr Name, überlistet, und mit Hilfe des Einen da oben Leiden überstanden und Wunder vollbracht, die einem die Haare zu Berge stehen lassen, wenn man nur daran denkt. Nicht daß der Eine da oben eingegriffen hätte, als die Hitlerhorden ihrem Großvater und ihren Brüdern den Bart und die Schläfenlocken abschnitten, bevor sie sie an die Orte brachten, von denen sie nie mehr zurückkehrten, aber sie hatte sie überlistet, nicht wahr? Sie war übriggeblieben, sie war die Erinnerungsstätte, ewige Kerze, lebendiger Gedenkstein, und ihr war es sogar gelungen, aus dem Stein ihres Grabmals einen Sprößling für die ausgelöschte Familie hervorzubringen.

»Ich habe dir Papiere zum Unterschreiben mitgebracht«, sagte sie.

»Welche Papiere?«

»Für Gloria, ich habe für sie eine Bestätigung vom Innenministerium besorgt, und wenn du unterschrieben hast, werde ich ihr die Papiere schicken, sie kann sie bei der israelischen Botschaft in Brasilien für das Visum einreichen und mit ihrer Tochter hierher zurückkommen. Du bist derjenige, der sie einlädt. Sie kommt nach Israel als deine Pflegerin. Das ist die Abmachung, die ich über die Abteilung Rehabilitation im Sicherheitsministerium, die Sozialversicherung und das Arbeitsministerium treffen konnte.«

»Meine Pflegerin?«

»Ich habe versucht, sie für mich selbst anzufordern, aber das ging nicht. Sie haben mich zum Arzt geschickt, der feststellte, daß ich gesund bin und keine Pflegerin brauche.« Sie stieß ein bitteres Lachen aus. Sie hatten sie wirklich beleidigt, als sie sie für gesund erklärten.

»Du bist fünfundvierzig Prozent Armeeinvalide, und du hast ein Anrecht auf eine Pflegerin.«

»Woher weißt du von Gloria?«

»Jakov von der Bäckerei hat mir erzählt, daß sie ein paar Wochen bei dir gewohnt hat, nachdem ihr Schuft von Ehemann sie zusammengeschlagen hat. Deine Rumänen haben sich mit ihm beraten, was man machen kann, um sie ins Land zurückzuholen, er hat mich angerufen, und wir haben uns zusammen diese Möglichkeit überlegt. Ich renne schon seit einem Monat zwischen den ganzen Ministerien hin und her.«

»Ich brauche keine Pflegerin.«

»Das ist der einzige Weg, sie auf legale Weise wieder ins Land zu bringen.«

»Es gibt in Israel andere Leute, die eine Pflegerin brauchen. Ich unterschreibe nicht.«

»Warum nicht?«

»Ich will nicht, daß sie bei mir wohnt.«

»Sie wird nicht bei dir wohnen. Sie wird mit ihrem Rumänen zusammenwohnen. Es verpflichtet dich zu gar nichts.«

»Du bist in Kontakt mit Jakov aus der Bäckerei?«

»Einmal im Monat rufe ich ihn an und frage, ob bei dir alles in Ordnung ist.«

»Deswegen zwingt er mich, in die Bäckerei zu kommen, um das Brot zu bezahlen. Gibst du ihm Geld dafür?«

»Babuniu! Babuniu! Fang nicht mit diesem Unsinn an. Wo auf der ganzen Welt findest du eine Mutter, die bereit ist, für dich zu tun, was ich getan habe? Du denkst, du bist ein Opfer? Ich bin das Opfer! Ich! Ich habe meinen einzigen Sohn geopfert! Also fang nicht an, mit mir Rechnungen wegen Jakovs Pitabroten aufzumachen. Unterschreib, und ich gehe. Ich weiß, daß du mich nicht ertragen kannst. Auch wenn ich nicht weiß, womit ich das verdient habe, was ich dir Böses angetan habe, Gott sei mir gnädig, ich weiß es nicht.«

Ich bin das beste Kind, das du dir hast erträumen können, Mama, dachte er, ich tue für dich, was kein anderer Sohn für dich tun würde. Mein Leben beantwortet dein Bedürfnis, ein Opfer zu sein, ich schenke dir die einzige Genugtuung, mit der zu leben du fähig bist, die Befriedigung, die im Opfersein liegt, ich gebe dir eine Heimat, eine Sprache, eine Identität, ich habe dir die bekannten Bilder und Gerüche zurückgebracht. Dank meiner wirst du nie durch die Straßen rennen und dir ein Unglück oder einen Kummer suchen müssen, damit du dich wieder in dem wohlvertrauten Sessel des Opfertums niederlassen kannst, in den bequemen Hausschuhen, mit den alten Bildern und Alben und dem Kühlschrank, der leise den Hausgesang summt, der dich vor Ruhe, Gesundheit oder Sicherheit bewahrt. Ich habe dir das größte Geschenk gemacht, das ein Sohn seiner Mutter machen kann.

»Warum kümmerst du dich plötzlich um Gloria?«

»Ich kümmere mich nicht um Gloria. Ich kenne sie nicht. Ich habe sie nie gesehen. Glaubst du, ich wünsche mir sowas für meinen Sohn? Eine indianische Schickse? Aber sie ist der einzige Mensch, den du nach all den ganzen Jahren ins Haus gelassen hast. Ich wäre ruhiger, wenn sie bei dir wohnt. Wenn ich wüßte, daß du nicht allein daheim bist. Aber wenn du nicht möchtest, daß sie bei dir wohnt, kann sie bei ihrem Rumänen wohnen.«

»Sie hat ein Kind.«

»Na und?«

»Und einen Mann.«

»Der ist nicht legal im Land. Wenn sie ihn erwischen, werfen sie ihn hinaus, zurück nach Brasilien. Außerdem hat sie ihn verlassen.«

»Er wird sein Kind sehen wollen.«

»Niemand verbietet ihm das. Ich habe mich nach ihrer Abmachung erkundigt. Die Rumänen haben mir gesagt, sie war damit einverstanden, daß er seine Tochter sieht. Aber mit ihm zusammenwohnen soll sie nicht.«

»Nein, sie wird mit den ganzen Rumänen zusammenwohnen, die auf Pappkartons in der Unterführung neben dem alten zentralen Busbahnhof schlafen.«

»Wo es am besten für ihr Kind ist, da wird sie wohnen.«

»Bei mir, meinst du.«

»Ich bin nicht mehr jung, Babu. Ich will wissen, daß sich jemand um dich kümmert.«

»Eine indianische Schickse, hast du gesagt.«

»Wenigstens weiß man, wer der Vater von dem Kind ist.« Sie erschrak vor den Worten, die ihr herausgerutscht waren, und befahl hastig: »Unterschreib, Babu.«

»Ich will sie nicht bei mir im Haus.«

»Soll sie besser in ihrem Dorf bleiben, bei der fressenden Hexe?«

»Wer hat dir davon erzählt?«

»Deine Rumänen.«

»Wann hast du sie getroffen?«

»Jakov hat das Treffen für uns arrangiert. Wenn es mit dem Rumänen nicht funktioniert, kann sie von mir aus bei mir wohnen. Aber offiziell bist du ihr Arbeitgeber. Wenn man sie sucht, vom Innenministerium oder so, dann sag, daß sie *momentan* nicht im Haus sei, wir deponieren ein paar von ihren Sachen und dem Kind bei dir. Diese Unterschrift verpflichtet dich zu nichts.«

»Du hast an alles gedacht.«

»Ich war einmal eine Mutter mit Baby, die ein Dach überm Kopf gesucht hat, Babu. Das ist deine Versicherungskarte.«

»Versicherung gegen was?«

»Weiß man's? Wissen wir vielleicht, was morgen sein wird? Mit den Arafats und den Sadams und den Sadats, getilgt sei ihr Name? Weißt du es?«

Er wußte, was sie vor Augen hatte. Babu, der Flüchtling mit einem Bündel über der Schulter, flieht vor den antisemitischen Bedrückern, und in seiner Hosentasche hat er brasilianische Papiere, die Gloria ihm besorgt hat, und Gloria versteckt ihn in einer Scheune in ihrem Dorf und schmuggelt in der Nacht, wenn es keiner sieht, eine Kartoffel für ihn hinein. Gutes für Gutes, eine Gefälligkeit gegen die andere, Leben gegen Leben. Mama denkt an alles, Jingale. Er begann zu lachen. Seit seiner Verwundung hatte er nicht mehr gelacht. Acht Jahre waren seitdem vergangen. Das Geräusch, das aus ihm herauskam, erschreckte sowohl ihn als auch seine Mutter.

»Ich werde unterschreiben, wenn du versprichst, daß du nie wieder zu mir kommst und nicht mehr mit Jakov über mich redest.«

Sie legte die Papiere auf die Theke. Nachdem er unterschrieben hatte, nahm sie die Papiere und ihre Plastiktüte und ging zur Türe.

»Du mußt die Reifen im Hof loswerden«, sagte sie, »es stinkt hier wie in einem moldavischen Klo.«

Als sie hinausging, winkte sie mit den Papieren in ihrer erhobenen Hand den Rumänen zu und zog unter ihrem Applaus und Jubel ihres Weges.

10

Der Mulatte saß auf der Bank. Von seinem Platz auf dem Hügel aus hatte er den Eingang der Bar im Blick, den Weg, der von der Hauptstraße her zum Meer hinunterführte. Sein Rücken lehnte an etwas, das wie ein Poncho aussah, und neben der Bank stand sein Fahrrad. Es war zehn nach zwei, die Sonne schien stark und grell, weißlich vor lauter Hitze, doch der Mann saß dort ausgestreckt und sog die Ruhe in sich ein, wie ein Kamel vor dem Aufbruch in die Wüste Wasser schlürft. Er war auch gestern dagewesen, als Babu am Mittag in der Bar eintraf.

Die Rumänen taten so, als sähen sie ihn nicht. Sie spielten Karten und Domino, tranken Bier, und danach brieten sie die Fische, die George und Corneliu gefangen hatten. Es gab keine Verbrüderung unter Armen, sie luden den Mulatten nicht ein, mit ihnen zu essen. Auch Jehosafat Gordon, der große Priester im Klub der Ghanaer, der dem Mulatten die Geheimnisse der fressenden Hexe entlockt hatte, verhielt sich, als sähe er ihn nicht.

Der Mulatte saß reglos da. Er wartete. Die schwarzen Augen durchschnitten sein Gesicht wie geschliffene Sicheln, das glänzend schwarze Haar stand aufrecht und stachlig wie ein Feld voller Pfeile von seinem Kopf hoch.

Der Mulatte hat Talent zum Warten, dachte Babu. Das hatte er von diesem Ort mitgebracht, den sie Santa Katharina nannten, dem Ort, der für ihn nur ein Name war, wo er nie gewesen war und nie sein würde, und der deshalb alles sein konnte: hohe, waldbedeckte Berge, zerklüftete Bergkämme, eingesäumt von gelben Strauchsteppen, Täler mit Sümpfen und Lagunen, eine breite Strandebene, die sich bis zum Horizont erstreckt, und hinterm Horizont Kohlebergwerke, Ölfelder, große Städte, in denen Spanier und Portugiesen, Deutsche und Holländer, Indianer und Schwarze wohnen, und die Kinder all dieser Menschen, die untereinander geheiratet haben und aus deren Mitte ein Mädchen namens Gloria hervorgegangen ist, das Fische mit Ingwer würzt und in Goldzahn verliebt ist, und ein Junge, der Viktor heißt, dessen Mutter eine Hexe ist und der Talent zum Warten hat. So hatte er sicher auch als Junge in seinem Dorf in Santa Katharina dagesessen und darauf gewartet, daß sein Vater mit den Viehherden nach monatelangen Wanderungen zurückkehrte; so saß er mit seiner Mutter im Eingang ihrer Hütte und wartete, daß die Wolken Regen brächten; so wartete er auf die Zirkusse, die Prozessionen, auf den weißen Leoparden, auf die Mondfinsternis. Und so hatte er auf Gloria gewartet, daß sie heranwachse und zur Frau würde. Was gab es dort in Santa Katharina, das den Leuten die Begabung zum Warten verlieh? Und was hatte es dort nicht gegeben, so daß er auf Wanderschaft ins Heilige Land aufbrach, um auf Gerüsten zu arbeiten und zusammen mit den brasilianischen Gefährten in einem Loch zu wohnen, das ihnen der Bauunternehmer in Cholon gab?

Das einzige, was seine Anwesenheit hier erklären konnte, war, daß Gloria kam. Über ein Monat war verstrichen, seit sie nach Brasilien gereist war, um ihre Tochter zu holen. Wußte der Mulatte, daß sie als Babus »Pflegerin« zurückkam? War er deshalb jetzt hier? Weil sie bald eintreffen würde? Konnte es sein, daß alle etwas wußten, das mit ihm zusammenhing, und nur er selbst nicht darüber Bescheid wußte?

Sie drängen sich mir auf, dachte Babu, sie vergewaltigen mich, zwingen mich, an Dinge zu denken, an die ich nicht denken will, setzen mir Namen von Orten und Menschen in den Kopf, Bilder von Landschaften, pflanzen Vermutungen und Annahmen in mein Gehirn, die nicht meiner Erfahrung und meinen Erlebnissen entspringen. Sie okkupieren mein Leben, bringen es durcheinander und verändern es, jetzt erschaffe ich hier schon ihr Leben statt meines. Die brasilianischen Steppen dringen in meinen Himalaja ein, ihr Geschwätz fegt meine Stille hinweg, ihre Pläne ruinieren das ersehnte Alleinsein, die weiße Einsamkeit des hohen Schneegebirges, die ich mir so mühevoll im Laufe langer Monate erworben habe, die Einsamkeit der kalten Gipfel, wo kein Mensch ist außer mir, wo es nichts gibt außer den Landschaften, die zu betrachten ich mir gewählt habe, und den Klängen, denen zu lauschen ich mir aus allen Tönen, die die Welt von einem Ende zum anderen erfüllen, ausgesucht habe, nichts außer dem Horchen auf mein Herz, das vor Sehnsucht nach den gelben Mönchen weint. Wie anmaßend der Gedanke doch gewesen war, diese Menschen, oder Menschen überhaupt, könnten sich annullieren lassen, und dank dessen würde er jemanden, der atmend neben ihm säße, weder sehen noch hören oder spüren, und sei der Mensch auch so armselig wie das erbärmliche Gras, das hier auf dem Hügel sproß.

Das Taxi hielt am Laden der Taucher und Wellenreiter, vor dem die Straße endete. Der Fahrer holte einen Koffer und einen Kinderwagen aus dem Kofferraum und blieb dann wartend stehen, bis die Frau das Baby in den Wagen gesetzt hatte. Sie trug Jeans und ein rotes Leibchen und wirkte von hier aus wie ein Mädchen, die große Schwester, die mit der kleinen einen Ausflug machte. Sie sah zu den Rumänen hinüber, die draußen vor der Bar an den Tischen saßen, ein großes Lächeln übers ganze Gesicht.

Corneliu lief zu ihr und umarmte sie, und dann drückte er mit einer förmlichen, bäuerlichen Höflichkeit, die offenbar beiden vertraut war, ihre Hand. Er nahm den Koffer, sie schob den Kinderwagen, und sie schritten auf die Gesellschaft zu, die vor Babus Bar saß.

George war der erste, der aufstand und ihre Hand drückte. Danach folgten auch die anderen, und jeder, an den die Reihe kam, beugte sich gurrend und turtelnd über den Kinderwagen. Jemand wies auf ihren Mann, der auf der Bank saß und sie und seine Tochter beobachtete. Vor lauter Glück von Großmut überwältigt, ging sie zu ihm, den Kinderwagen vor sich her schiebend, und setzte sich neben ihn auf die Bank. Er hob das Baby hoch und schaute in das kleine Gesicht, legte es dann an seine Brust, während er sich die Tränen aus den Augen wischte, und hielt es wieder in der Luft von sich weg, um es zu betrachten. Von seinem Platz aus hinter der Bar sah Babu eine Puppe mit weitem Kleid und winzigen weißen Söckchen, und einen kleinen Kopf, der von glänzendem schwarzen Flaum bedeckt war. Er fühlte die Wonne, die das Herz des Vaters durchströmte, die schmelzende Zärtlichkeit, die warmen Tränen der Liebe, die Kraft und die Hilflosigkeit, die er angesichts dieses kleinen Geschöpfs empfand, das er in seinen Händen hielt, das ihm im nächsten Moment oder in einer Stunde genommen würde, während er es einfach so für immer und ewig an seiner Brust halten wollte, warm, weich und feucht wie ein Häschen. Gloria zog eine Flasche aus dem Wagenkorb, nahm ihm das Baby aus den Händen und fütterte es, und er saß neben ihr und betrachtete die Mutter und das Kind.

Er wird nicht auf die beiden verzichten, dachte Babu, nicht jetzt, nicht nachdem er das Baby in seinen Armen gehalten hat. Er wird nicht auf sie verzichten. Sein Geigerzähler vernahm bereits die Wut, die in der Brust des Ehemanns zu lodern begann, die Schreie, das Weinen und Schmerzensgeheul der Frau, schon spürte er am eigenen Leib die Schnitte im Fleisch, das vor Schmerz zerrissene Herz, den vor Furcht bebenden Körper des Babys.

Von dieser Mutter und diesem Vater war dem Säugling der Keim des Lebens geschenkt worden, und in jeder Phase seines Lebens würden die beiden weiter in ihm existieren. Seine Körperzellen beherbergten das Erbe dieser zwei Menschen, alle Augenblicke und Körnchen, alle Fasern, Schleifen und Fäden ihrer Chromosomen, die ganze Armee dieser Saat, die sich in Einheiten mit gegliederten Aufgaben teilte, befehligt von Inspektoren, Kommandanten, Botschaftern und Läufern. Alles war einem Apparat unterworfen, bei dem jeder Versuch, die Grenzen zu sprengen, Wärter und Wachen zu überlisten und seiner Herrschaft zu entfliehen, den Verlust des Lebens zur Folge hätte. Er war selbst zwei Menschen geboren worden, Mutter und Vater, Mann und Frau, die ihm beide ihre Eigenschaften vererbt hatten, doch er wußte nicht, ob sein Vater ihn jemals in Händen gehalten hatte. Mit ziemlicher Wahrscheinlichkeit nicht, mit ziemlicher Wahrscheinlichkeit, hatte er ihn auch nie gesehen, wußte vielleicht nicht einmal, daß er überhaupt existierte. In seinen Zellen kämpfte die dreiste Saat seiner Mutter gegen die bösartige des Vaters, strebte nach Integration und Abstoßung zugleich, während die Zellen fortfuhren, sich zu vermehren und zu teilen, wieder und wieder, als fände dieser Krieg nicht innerhalb seines Körpers statt, als handle es sich nicht um sein Leben. Der Junge mit dem Pita traf ein, glänzend vor Schweiß, und hängte die Plastiktüte an die Türklinke. »Gloria ist zurück!« rief er Babu zu, halb fragend, halb verkündend. »Ist das ihr Baby? Ist das der Mann, der sie aufgeschlitzt hat? Werden sie bei dir wohnen?«

Jetzt würde er mit den Neuigkeiten zu Jakov laufen, und Jakov riefe seine Mutter an, die drei Beruhigungspillen schlucken und sich ins Bett legen würde, damit sie die Beherrschung bewahrte und nicht herkäme, um zu sehen, wie ihre geniale Idee Wirklichkeit wurde, und von weitem, natürlich aus der Ferne, die Revolution zu beobachten, die sie angestiftet hatte. Auf den Papieren, die seine Mutter ihm zum Unterschreiben gegeben hatte, stand der Name: Vargas. Gloria Prudenta Maria Vargas, Viktor Vargas, Soledad Vargas. Vor Gott und den Menschen war das die Familie Vargas.

Die Rumänen holten sich die Pitatüte von der Türklinke, gingen dann in die Bar hinein, nahmen eine Kiste mit Bierdosen und verteilten sie an alle, und Stefan ging hinaus, brachte auch Gloria und Viktor eine und kam sofort allein zurück. Ihr Benehmen wies Geduld und Achtung gegenüber dieser Vereinigungszeremonie der kleinen Familie auf. Die letzte Gunst, die dem Gefangenen vor dem Erhängen erwiesen wird, einschließlich der letzten Zigarette.

»Schalom, Babu«, sagte Gloria, die jetzt allein hereinkam, und ein breites Lächeln überzog ihr flaches Gesicht, das in seinen indianischen Schattierungen erstrahlte. Das sch und das l glitten weich unter ihrer Zunge hervor, und das b flatterte federleicht aus ihrem Mund. »Danke wegen Visa, und danke wegen Arbeitserlaubnis.«

»Meine Mutter hat sie geschickt.«

»Soledad ist ein gutes Kind. Kein Lärm.«

»Ha?«

»Ich wohne bei Babu?«

»Nein.«

»Nein? Wo wohnen?«

»Wo du willst. Bei Viktor. Bei Corneliu.«

»Braucht einen Platz für Soledad. Bis zum Platz von Soledad, ich wohnen bei Babu?«

»In Ordnung.«

»Mama Babu sagt, ich wohnen bei Babu.«

»Nein.«

Sie blickte ihn zögernd an, über etwas verwundert, das sie nicht verstand.

»Mama Babu sagt, Babu Invalide und Gloria Pflegerin.«

»Babu braucht keine Pflegerin.«

»Kochen, Putzen, Waschen.«

»Nein.«

»Mama Babu schicken Gloria das Visa?«

»Ja.«

»Mama Babu will Gloria Pflegerin von Babu?«

»Ich will nicht.«

Sie betrachtete ihn und dachte über das Gesagte nach. Als sie wieder sprach, war ihre Stimme entschieden.

»Heute ich gehen zu Hause Babu.«

»Bis du für dich und das Kind einen Platz gefunden hast.«

»In Ordnung.«

Diesmal legten sie die Matratze in die Küche. Einen Augenblick zögerte er, ob er ihnen sein Bett anbieten sollte, aber er nahm Abstand davon. Das war sein Haus, und es war sein Bett. Gloria bettete Soledad an die Wand und legte sich neben sie, wie ein Schild zwischen ihr und der Welt. Sie schliefen schnell ein, Kopf an Kopf, zwei kleine Mädchen, die der Schlaf überwältigt hat. In der Früh würde er Milch und Windeln, Babyseife, Brei und Früchte kaufen, er würde fragen müssen, was sie aß, Soledad. Er betrachtete sie mit Erstaunen, verstand nicht, was die kleinen Indianerinnen eigentlich in seinem Haus machten. Warum er? Wie war es geschehen, daß ihr Schicksal ausgerechnet das seine tangierte?

Er lag im Bett, doch der Schlaf wollte nicht kommen. Er lauschte. Horchte auf die Atemzüge jenseits der Wand, die er nicht hörte, auf das Heben und Senken der weichen Brust, die er nicht sah, horchte auf sein eigenes Lauschen und bemühte sich, nicht auf Gloria böse zu sein, nicht auf Corneliu und Viktor, weder auf Jehosafat noch auf seine Mutter, und nicht auf sich selbst. Da machte er nun genau das, was er nicht hatte tun wollen. Mit eigenen Händen entrückte er die Berge des Himalaja, die gelben Mönche und die Hörner. Wie schwer würde er sich abrackern müssen, um sie wieder zu erreichen. Er hatte einen Fehler begangen, als er annahm, die Rumänen würden die Stille sein, durch die die Klänge der Hörner drangen, die Stille, über die er den Himalaja erreichen würde – doch so sehr konnte gar kein Mensch »Rumäne« sein.

Was sollte er tun, um dieses wenige zu erlangen, das alles für ihn war? Einen Wanderstock nehmen und sich auf den Weg machen, wie die indischen Asketen, angetan mit schmutzigen Windeln? Sie ziehen sich von der Welt zurück und beschreiten einen Weg, den sie den Pfad des Wissens nennen, um irgendeine Erleuchtung zu erreichen, damit sie mit den Zauberkräften verschmelzen, sich an irgendein höheres Wesen binden. Sie opfern das diesseitige Leben, um eine Wiedergeburt zu gewinnen, in offenbarter Freiheit. Er selbst wollte nichts. Keine Freiheit, keine Offenbarung, keine Erleuchtung. Alles, was er wollte, war, die Essenz der Inaktivität zu erreichen, eine Gehirnrinde sein, ein umgepflügtes Feld mit Furchen, Windungen und Rissen, eine Geographie und Topographie ohne Bewuchs und Lebewesen, ohne Jahreszeiten und Naturkreisläufe, eine physiologische Unterlage ohne Seele, ohne Nerven, ohne Gefühle, ohne Erinnerung, ein Gegenstand wollte er sein, der sich selbst überlassen irgendwo herumliegt, aus dem Auge, aus dem Sinn.

11

Sie stellte ein Kinderbett in die Küche und eine Plastikkiste, die ihr und ihrer Tochter als Schrank diente. Tagsüber lehnte ihre Matratze an der Wand hinter dem Kinderbett. Möglich, daß sie in ihrem Dorf in Santa Katharina eine solche Enge für Lebensraum hielt, doch er fühlte sich erstickt. Es war ihm unangenehm, seine Küche zu betreten, auch wenn sie nicht da waren. Wenn er gegen zwei oder drei Uhr morgens zurückkehrte, schliefen sie, wenn er um die Mittagszeit aufstand, waren sie bereits außer Haus, und wenn er gegen fünf Uhr zur Bar aufbrach, waren sie noch nicht wieder zurück. Wenn er aus seinem Schlaf erwachte, saß er mit der ersten Tasse Kaffee da, starrte auf das kleine Bett und das Plastikschränkchen, und anstatt in einen dummen Wachtraum zu versinken, der die Schwebebrücke ans Ufer des Wachseins bildete, blieben seine Augen auf die kleine Mulde geheftet, die das Kind im Laufe der Nacht in die Matratze geprägt hatte, oder auf die Babykleidung, die zum Trocknen im Hof hing.

Er wußte nicht, wer ihr geholfen hatte, das Bett und die Kiste hier hereinzubringen. Vielleicht Corneliu, vielleicht ihr Mann, Viktor. Der Gedanke, daß sie in sein Haus gekommen waren, sein einsames Haus an der Mündung des Jarkon, das einst eine Kornmühle, Herberge oder Schmugglerhöhle gewesen und dessen ganze Zier ein toter Eukalyptusbaum war, in sein Haus, in dem außer ihm niemand gelebt hatte, bis er die verletzte Gloria aufnahm, in sein Haus, das Festung, Schutzraum und Höhle war, sein Geheimnis in einer Welt ohne Geheimnisse, dieser Gedanke brachte ihn zur Weißglut. Er kannte diese Wut, die im geheimen loderte und in der Tiefe des Bergwerks brannte, das sein Bauch war, die Flammen, die die Eisendeckel fraßen, die über der Mine abschlossen, bis sie vor lauter Hitze zusammenschmolzen. Er wußte, er mußte diesen Brand ersticken, denn falls nicht, würde er wieder mit einem Gewehr in der Hand durch die Gassen rennen und mit aller Macht versuchen, den Coca-Cola-Jungen umzubringen, der vor ihm davonlief, mit den kleinen sandsprühenden Plastiksandalen und dem Lachen auf dem Gesicht, dieses provozierende Lachen auf dem Gesicht, und wieder diese Wut, seine verzehrende Wut, und der Wunsch, ihn zu kriegen, zu fassen zu kriegen und zu töten, mit einem Schuß dieses Lachen auf dem Gesicht auszulöschen.

Dieses Haus kam der Abgeschiedenheit, die er anstrebte, am nächsten. Es war der Trost, der ihn nach den Stunden in der Bar erwartete, die eine Einsamkeit anderer Art, die in der Gesellschaft von Menschen, darstellten, eine Einsamkeit, die permanent, jeden Moment, von Gestalten attackiert wurde, die er nicht sehen wollte, von Geräuschen, die er nicht hören wollte, Invasion und Zwang. Hier, in seinem Haus, gelangte er manchmal an die Schwelle dessen, was er wollte. Die Berge des Himalaja selbst erreichte er nicht, doch hier, hier war er ihnen nahe, noch eine kleine Anstrengung, und er würde von aller Mühsal, jeder Beziehung und Belastung befreit sein. Die Stille des Himalaja würde ihm die einzige Macht geben, die er wollte, die Macht des Nichtseins, und die Seele würde in ihm treiben wie ein kleines Blatt auf der Wasseroberfläche, das vom Baum gefallen war und auf den sanften Wellen schaukelte, sich ohne zu fragen, wohin und warum, den Schlingerbewegungen überließ. Das war der einzige Ort, an dem ihm dieses Wunder widerfahren konnte, an dem ihm dieses Wunder schon geschehen war, denn er war ja dort gewesen, auf den ewigen Schneehöhen, er hatte die Hörner der Mönche gehört. Diese Dinge waren passiert, und nur die Sehnsucht, daß sie wieder geschähen, hielt ihn am Atmen, dieses bißchen Kraft, das ihm geblieben war, um jenes Leben zu bewahren, von dem er nicht wußte, wozu er es bewahren sollte und es dennoch tat. Er hatte es das ganze Jahr hindurch gehütet, als er im Krankenhaus fast gestorben wäre, und ein weiteres ganzes Jahr in der Psychiatrie, und sogar jetzt, wenn er Tag für Tag zur Bar ging, als sei er sein eigener Sklave, wachte er darüber, was er sicher nicht wegen seiner Heiligkeit oder seinem Wert tat – sein Tod würde diesen Prozeß genannt »Leben«, der nach seinen verrückten, zufälligen Gesetzen von selbst abläuft, weder ärmer noch reicher machen. Vielleicht, vielleicht hütete er es, weil es der lockere Faden war, der ihn mit den Gegenden verknüpfte, in denen ihm die Dinge widerfahren waren, von denen er wollte, daß sie ihm geschahen.

Da er nicht wußte, wer das Bett und die Kiste in sein Haus gebracht hatte, wußte er nicht, auf wen er wütend sein sollte, und Gloria wollte er nicht fragen. Bis jetzt war es ihm gelungen, mit ihr in diesem Haus zu leben, ohne ihr zu begegnen. Sie machte, was sie tun zu müssen glaubte: putzen, waschen, kochen. Auf dem Tisch hinterließ sie ihm das Essen, das sie zubereitet hatte, und diesmal war er es, der nichts anrührte, und sie, die es in den Mülleimer warf, wieder anderes Essen kochte und wieder auf den Tisch stellte. Sie hatte trotz allem etwas von ihm gelernt, die Indianerin. Er fragte sich, wo sie sich den ganzen Tag herumtrieb und wo sie das Kind hinbrachte in der Zeit, in der sie arbeitete. Sicher hatten sie irgendeine Einrichtung oder eine Pflegerin, die armen Dummköpfe. In der Nacht schlief das Kind ruhig, und er fragte sich, ob es wohl auch in der Krippe still war oder vielleicht nach der Mama weinte, nicht begreifend, wohin Großmutter Vargas verschwunden war, und wohin diese Frau namens Mama immer verschwand, die sie von der Großmutter weggeholt hatte, und an wen konnte sie sich schmiegen, wer war der gute Geist, die Pflegerin in der Krippe, Mama Gloria, und würden auch sie wie ihre Großmutter Vargas entschwinden? Er fragte sich, wann Gloria sich mit Corneliu Goldzahn traf und ob diese Treffen in Soledads Gegenwart stattfanden. Ob sie versuchte, ihr Kind dem Herzen des Mannes, den sie liebte, nahezubringen und umgekehrt? Und was war mit Viktor? Stand er abseits? Oder traf sie sich mit Corneliu, wenn Viktor seine gesetzlichen Ansprüche auf Soledad geltend machte? Er haßte diese Gedanken, die Grübeleien über das Leben von Menschen, die sich ihm aufgedrängt hatten, die gegen seinen Willen in sein Leben eingedrungen waren, die ihn von den Wegen abbrachten, die er beschreiten wollte, die allein seine waren. Sein Leben war ein Eisberg gewesen, der auf dem Meer trieb, und da, mit einemmal fanden sich menschliche Spuren darauf.

Viktor kam weiterhin ab und zu auf dem Fahrrad vorbei und setzte sich auf die Bank auf dem Hügel gegenüber der Bar. Gloria kam niemals allein, und Babu hoffte, daß Viktor, wenn er das begriffen hätte, zu kommen aufhören würde. Manchmal kamen, ebenfalls per Fahrrad, zusammen mit Viktor seine Freunde aus der brasilianischen Brigade angerückt, und in der letzten Zeit fand sich die brasilianische Truppe auch ohne Viktor ein, da war nichts dagegen zu machen. Die Rumänen gaben vor, sie nicht zu sehen, doch Babu spürte ihre Nervosität. Diese Mattigkeit, die sonst die endlosen Spiele und die Bierrunden begleitet hatte, war verschwunden, und irgendeine Spannung lag in der Luft. Sein Geigerzähler pendelte wie verrückt aus, wenn die Brasilianer ankamen, hüpfte rasend zwischen der Furcht und der Provokation der beiden Lager hin und her, zwischen der Wut des gedemütigten Ehemanns und dem Triumph des erschreckten Liebhabers, zwischen der entschiedenen Rachelust der einen und dem Eigensinn der anderen Gruppe, die sich zur Verteidigung rüstete. Das Pfeifen in seinem Kopf war unerträglich, drohte seinen Schädel zu sprengen, fast hatte er die in alle Richtungen spritzenden Stücke des Omeletts vor Augen, das sein zersplitterndes Gehirn war. Das Warten auf den kommenden Zusammenstoß war derart schwierig, daß er sich wünschte, es wäre schon geschehen, er hätte es bereits hinter sich. Er wußte, daß sowohl die Brasilianer als auch die Rumänen die Polizei fürchteten; die meisten von ihnen hielten sich illegal im Land auf, oder ihre Visa waren abgelaufen –, und wenn sie ihre Messer zögen, würde das ohne Zeugen geschehen, so wie es auch danach keine Zeugen geben würde. Jede Nacht, wenn er die Bar schloß, ohne daß Blut geflossen war, fühlte er sich wie ein Erhängter, dem die Schlinge um den Hals gerissen ist. Er ging den Strand entlang, tauchte seine Füße in den nassen Sand, lauschte der Brandung der Wellen, dem Schweigen des schwarzen, bestirnten Himmels, ließ die Stille ihn streicheln, ihn beruhigen, sog sie tief in sich ein, bis er zu guter Letzt nur noch seine Atemzüge hörte.

Sein Haus flimmerte in der Dunkelheit, ein heller Fleck, schattenumhüllt. Es machte ihm immer wieder Freude zurückzukommen. Das war seine Höhle im Wald der Welt. Doch jetzt waren Fremde in seiner Hütte, und die Freude war nicht so einfach und unschuldig wie zuvor.

Etwas war nicht in Ordnung. Das Licht auf dem Balkon brannte. Sie saß auf der Treppe, in eine Decke gewickelt, den Kopf zwischen den Knien. Als sie seine Schritte hörte, hob sie den Kopf, und die Worte, die sie zu ihm sagte, waren die ersten Worte, die er auch damals aus ihrem Mund gehört hatte: »Keine Polizei.«

Blut lief über ihre Wange. Er hob den kleinen Körper hoch und betrat damit die Küche. Soledad schlief in ihrem Bett, aber die Möbel waren umgeworfen, und Geschirr lag im Raum verstreut, dazwischen Blutflecken auf dem Boden verspritzt und auf den Türen verschmiert.

»Viktor?« fragte er.

»Ja.«

Er nahm ihr die Decke ab und sah sich die Schnittwunden auf Bauch und Oberschenkeln, auf den Brüsten und Armen an. »Wir fahren ins Krankenhaus«, sagte er.

»Nein, Krankenhaus gibt Polizei.«

»Krankenhaus ist nötig.«

»Nein.«

»Ich passe auf Soledad auf, wenn du im Krankenhaus bist.«

»Kein Krankenhaus.«

»Ich bleibe zu Hause und passe auf Soledad auf.«

»Nein.« Ihre Stimme war eigensinnig.

»Du brauchst einen Arzt.«

»Er Babu töten.«

»Wer? Viktor?«

»Er denkt, Gloria Frau von Babu.«

»Meine? Nicht von Corneliu?«

»Auch Frau von Corneliu.«

Er tat, worin er bereits Erfahrung hatte. Steckte sie in die Badewanne und wusch behutsam ihre Wunden, gab acht, die offenen Schnitte nicht zu berühren, hüllte sie dann in ein Leintuch ein und legte sie auf die Matratze neben seinem Bett, wie damals, und nachdem sie nicht zu zittern aufhörte, legte er seine Steppdecke über das Laken. Er brachte ihr ein Glas warme Milch und zwei Schlaftabletten, und danach legte er sich auf sein Bett und lauschte ihren Atemzügen, bis sie einschlief.

Früher oder später würde er Viktor umbringen. Er wußte das, so wie er wußte, daß Soledad aufwachen würde, brächte er jetzt die Küche in Ordnung. Er wußte nicht, wie er ihn töten würde, aber es war ihm klar, daß er ihn nicht aus dem Hinterhalt erschießen oder ihm ein Messer in den Rücken stechen würde. Er wollte, daß Viktor wüßte, daß man ihn tötete, daß er den Tod sehen und ihn erkennen, daß er auf die Knie fallen und um sein Leben flehen würde, daß er sich vor lauter Angst in die Hosen machte. Daß er am eigenen Leib die Dinge spürte, die er Gloria angetan hatte. Das Messer, das ins Fleisch schnitt, das Blut, das aus den Wunden schoß, den Schmerz und das Entsetzen. Er versuchte, sich die schwarzen Augen des Mulatten weit aufgerissen vor Angst vorzustellen, wenn er in der Luft groß und gewalttätig gegen ihn prallte, wie sich das schwarze Haar auf seinem Kopf sträubt, wenn der Kampfschrei aus seiner Kehle bricht, die Schokoladenhaut fahlgelb und schlierig wird wie eine verfaulte Banane angesichts der Drohung des Messers, das einen Zentimeter vor seinen Augen Achter durch die Luft schneidet. Er würde ihn nicht mit einem Schlag töten, nein, er würde ihm zu spüren geben, wie ihn seine restliche Kraft verließ, daß es keinen Ausweg für ihn gab. Das war es, sein Schicksal war besiegelt, und kein Gott oder eine fressende Hexe würde ihn schützen, wenn sich seine Seele zu der Hölle aufmachte, in die feige Männer geschickt werden, die die Mutter ihrer Kinder zerschlitzen. Viktor glaubte an Teufel und Geister und an die Hölle, und das würde sein letzter Gedanke auf Erden sein: Die ewigen Flammenzungen des Schmelzofens, die ihn in der Unterwelt erwarteten, die Drachen und Böcke, die bösen Geister beiderlei Geschlechts, die hin und her und her und hin schossen in dem Raum, in dem er jetzt bis in alle Ewigkeit hausen würde.

Er versuchte sich zu entsinnen, wo er sein japanisches Messer gelassen hatte, das Messer, das ihn seit seiner Schulzeit begleitete, als er noch die Hoffnung hatte, den Goi zu treffen, der ihn in die Welt gesetzt hatte. Bestimmt hatte er von ihm diese Mordlust geerbt, die jetzt in ihm brannte, diese Gier nach Einschüchterung, nach Folterung. Das war das Blut dieses Goi, nicht das seiner Mutter. Sie hatte nie etwas über ihn gesagt, er hatte kein Gesicht und keinen Namen, keine Heimat und keine Sprache. Vielleicht war sie deshalb damit einverstanden gewesen, sich von ihm fernzuhalten, als er das von ihr verlangt hatte, weil er der Sohn dieses Goi war, und, nachdem er geboren worden war, in ihren Augen alle Männer ein bißchen Nazis waren. Sie behandelte sie mit Schlauheit, bediente sich der Heuchelei und Erpressung, im innersten Herzen wissend, daß ihr eine Feuerpause vergönnt war. In dem Moment jedoch, in dem die Masken fielen, würde alles wieder zu seinem ursprünglichen Zustand zurückkehren. Sie hatte Sparkonten in Frankfurt und Gold unter den Bodenplatten, sie hatte auch zwei österreichische Pässe auf fremde Namen – vielleicht war er Österreicher gewesen, sein Vater – und ihrer beider Bilder darin, die sie alle fünf Jahre erneuern ließ. Sie war bereit, sie würden sie nicht wieder überraschen. Sie weihte ihn in diese Geheimnisse ein für den Fall, daß sie, Gott behüte, nicht mehr da wäre, damit er wüßte, wie er sich retten konnte.

Viktor wohnte zusammen mit seinen Freunden in Cholon, in der Wohnung, die der Bauunternehmer für sie gemietet hatte, aber er wußte weder die Adresse noch wie er sie finden sollte, ohne Fragen stellen zu müssen. Er wollte ihn töten, wenn sie beide allein waren, ohne die brasilianischen Brigaden oder die rumänische Garnison, damit kein Weltkrieg daraus wurde, sondern Auge um Auge, Zahn um Zahn. Vielleicht würde er ihnen folgen, wenn sie in der Nacht seine Bar verließen. Doch sowohl Viktor als auch seine Kameraden hatten Fahrräder, wie sollte er sie also verfolgen, wenn er selbst kein Fahrrad besaß. Er würde mit Umsicht verfahren müssen, damit niemand ihn verdächtigte, denn er hatte nicht die Absicht, den Rest seiner Tage wegen eines verpißten Mulatten im Gefängnis zuzubringen. Einstweilen würde er die Routine seines Lebens beibehalten und auf eine Gelegenheit warten. Nicht nur ein Mulatte hat Talent zum Warten. Auch er hatte Talent zum Warten. Er war sehr gut im Warten. Er wartete schon seit langem.

12

Als er sich der Bar näherte, sah er die flackernden Blaulichter der Polizeiautos und der Ambulanz, doch er dachte nicht daran, daß sie irgend etwas mit ihm zu tun haben könnten. Sie wurden manchmal alarmiert. Ein Streit zwischen Betrunkenen, eine Prostituierte, die jemanden ausraubte oder ausgeraubt wurde, eine Schießerei unter Kriminellen, in dieser Gegend war immer etwas los, aber nie hier, nicht auf diesem kleinen Hügel mit dem Taucher- und Wellengleiterladen, einer verlassenen Autowerkstatt und Babus Bar. Am Schabbat und an Feiertagen kamen Leute zu dem Hügel gegenüber der Bar, die bei sich daheim keine Klimaanlage hatten, keinen Balkon oder Hof. Sie kamen, um eine Brise zu erhaschen, um Drachen steigen zu lassen, Natur mitzunehmen auf Liegestühlen, die sie von Zuhause mitbrachten, oder um zu grillen. Manchmal hatten sie arabische Trommeln und Tamburins dabei, und die alten Frauen richteten trällernd einen Tisch her, während die Männer mit einem Stück Karton über der Kohleglut fächelten und die Kinder Ball spielten. Seitdem sich die Rumänen hier niedergelassen hatten, waren sie allmählich ausgeblieben, obwohl die armen Teufel niemanden störten. Sie kannten ihren Platz. Wenn die Ortsansässigen kamen, setzten sich die Rumänen an die Bartische und breiteten ihre Spiele aus, Domino, Dame und Karten, tranken ruhig, sprachen leise, gingen ihren Beschäftigungen im stillen nach. Manchmal trat einer von draußen zu ihnen, um sie nach einem Stuhl zu fragen, und sie verwiesen ihn an Babu, der mit dem Kopf nickte, aber bitte, bitte, warum denn nicht, wenn sie nur nicht anfingen, mit ihm zu reden, ihm bloß keine Fragen stellten, sie sollten einfach den Stuhl nehmen und ihn wieder zurückbringen, ohne ihn mit einem Gespräch zu beehren.

Ein Teil der Rumänen war schon da, saß draußen an den Tischen vor der verschlossenen Bartüre. Er registrierte Michail, den Schiedsrichter, die beiden Dominospieler namens Ion, George, Jehosafat, zwei Filipinos oder Thais, einen jungen Mann, den er nicht kannte, der wie ein Arbeiter aus Ghaza aussah, und Corneliu Goldzahn war auch da. Neben ihnen saßen Polizisten und nahmen Zeugenaussagen auf. Sie machten diese dummen Gesichter, die Fremdarbeiter haben, wenn die Polizei in der Gegend ist, und ihre Köpfe und Arme waren noch eingemehlter als sonst, als hätten sie Sand über sich geleert, um ihr Vorhandensein zu tarnen. Sie waren gut darin, sich vor dem Jäger, dem Denunzianten, dem Zöllner und dem Polizisten zu verbergen, vor allen diesen Leuten, die die Umkehrung von Freiheit bedeuteten, und sie benutzten jetzt ihre Sinne, die Instinkte des Wilds, der Eichhörnchen und der Füchse, die in ihren Genen überliefert waren und ihnen befahlen, ruhig sitzenzubleiben, die Muskeln zu entspannen, den Blick abzuschotten, nicht bewegen, keine Bewegung, auch wenn ihr sehnlichster Wunsch Flucht hieß!

Aus den Streifenwagen und der Ambulanz krächzten die Stimmen der Funkgeräte, denen niemand zuhörte, die Polizisten sprachen in ihre Mobiltelefone, aus der offenen Türe des Taucherladens tönte Musik, und der Lautsprecher des Muezzins jaulte Gebete in den Luftraum über Jafo. Er fühlte sich überschwemmt und belagert von dem

Gewirr des Lärms. Davor fürchtete er sich am meisten, vor diesem Lärm, der ihn von allen Seiten her überfiel, der sich ihm aufzwang, in seinem Kopf Hämmer niedersausen ließ, die ihm die Tränen in die Augen trieben, fordernd: Du, du, du dort, für den die Stille das wichtigste im Leben ist, hör uns zu! Hör zu! Hör zu! Babu öffnete die Tür der Bar und trat in die bier- und zigarettendünstende Dunkelheit ein. Er drückte auf den Schalter neben dem Eingang, und blaßgelbes Licht überflutete den Raum. Er holte den Geldtiegel heraus und stellte ihn auf die Bartheke, räumte Bierdosen und Wasserflaschen in den Kühlschrank und füllte den Kaffeebehälter, verrichtete die Tätigkeiten, die er täglich zu tun pflegte, in dem Bewußtsein, daß diese Polizisten draußen ihm zusahen und kommen würden, um mit ihm zu reden. Sie würden ihm erzählen, weshalb sie da waren, und ihm Fragen stellen, und alles, was er sagte, würde keinerlei Ähnlichkeit mit den Worten haben, die er sagen mußte oder wollte, und allein das Erzählen würde das, was er so fürchtete, zum Leben erwecken, nämlich weder Gott noch eine höhere Macht, weder Vorsehung noch Schicksal, sondern Worte. Worte sind es, die das Rad des Lebens drehen, Worte bringen Menschen zum Handeln, besiegeln die Schicksale von Stämmen und Völkern, krönen Könige und hängen Verräter, Worte vergiften Brunnen und säen Felder, pflanzen Weinberge und zeugen Kinder, verheiraten Bräute und töten Alte. Sie stellten eine große Verantwortung dar, die Worte. Worte besaßen Macht. Die Macht zu verbessern und zu verderben, zu vermischen und zu trennen, zu leben und zu töten, und er nahm sich vor ihnen ungemein in acht. Die Erfahrung seines Lebens hatte ihn gelehrt, daß die Wechselfälle seines Schicksals durch Worte entschieden worden waren, die er gesagt hatte, oder Worte, die zu ihm gesagt worden waren. Daß jedes Wort, das aus seinem Mund kam, eine Verbindung zu irgendeinem Mitmenschen herstellte, sein Leben mit jenem verknüpfte, das Schicksal dieses Menschen und sein eigenes entschied, seinen Lebensweg ungewollt und unbeabsichtigt veränderte. Denn er, im Gegensatz zu den meisten Menschen, wußte schließlich, wohin er ging, zu den Bergen des Himalaja, zu den Gipfeln der ewigen Stille, zu den Schneefeldern der Unendlichkeit, die nicht auf ihn warteten, nicht einmal von seiner Existenz wußten, und ihn, wenn er käme, empfangen würden wie jeden, der sich bis zu ihnen durchgeschlagen hatte, mit der weißen Gleichgültigkeit ihres großen, schweigenden Schoßes, weder ablehnend noch einladend, eine Gleichgültigkeit, deren einzige Bedeutung das Sein an und für sich ist, was dem Sinn der Existenz auf dieser Welt am nächsten kam. Die Stille des Himalaja war der Geleitsegen auf den Weg für den, der auf diesen Seinszustand zuging.

Die Jungen vom Taucher- und Wellengleiterladen brachten die Polizisten bis an den Eingang zur Bar und sagten zu ihnen: »Hier. Das ist Babu. Er ist der Besitzer der Bar. Aber er redet nicht.«

»Stumm?« fragte einer der Polizisten.

»Nein. Kampftrauma.«

»Redet er überhaupt nicht?«

»So gut wie nie.«

Das »so gut wie« machte den Polizisten Hoffnung. Bei ihnen würde er schon reden, hörte er sie förmlich denken. Die Wortwahl des Jungen aus dem Laden verblüffte ihn. »Kampftrauma«. Noch nie hatte er jemanden sagen hören, er leide an einem »Kampftrauma«. Sogar im Krankenhaus hatte keiner dieses Wort gebraucht. Woher stammte es? Ein derart bequemer Ausdruck, in den sich die selbstgewählte Form seiner Lebensführung ganz wunderbar kleiden ließ. Ein Wort, das alles löste, keine

Fragezeichen hinterließ, den Fragesteller verstummen ließ. Schade, daß er nicht selbst daran gedacht hatte. Vielleicht hatte seine Mutter das zu Jakov von der Bäckerei gesagt, und der hatte es den Nachbarn im Taucherladen erzählt. Das würde zumindest die distanzierte Haltung erklären, die sie ihm gegenüber einnahmen, was ihm sehr angenehm war. Wenn er sich in Zukunft Leute vom Leib halten wollte, würde er das sagen, »Kampftrauma«. Es lag sogar ein Fünkchen Koketterie in diesem Wort, doch etwas Wahres war auch daran. Und im Grunde genommen, dachte er, gibt es denn einen Menschen auf der Welt, der kein Kampftrauma hat? Diese Taucher, die sich vom Licht des Himmels verabschieden und eine alternative Welt zwischen den Fischen in den Tiefen des Meeres suchen, leiden die nicht an einem Kampftrauma? Und diese Polizisten mit den Handschellen und Revolvern und bedrohlichen Uniformen, die es sich ausgesucht hatten, ihr Leben mit der Verhaftung von Taschendieben und Prostituierten zu verbringen, litten nicht auch sie an einem Kampftrauma? Und seine Rumänen? Sie nicht? Wer denn nicht? Doch er fragte sich, was sie wohl noch über ihn wüßten, die Taucher, und den Polizisten erzählt haben könnten.

»Darf man eintreten?« fragte einer der beiden Polizisten, die im Eingang standen.

Babu nickte.

Der wortführende Polizist stellte sich vor. Oberfeldwebel Chaim Schnaider war sein Name, und der andere, den er dabeihatte, war Feldwebel Ronen Ben Basat. Er hatte eine ruhige Stimme, ein angenehmes Gesicht und einen barmherzigen Blick, der Babus Geigerzähler zum Hüpfen brachte. Er war der Scharfschütze in der Sekunde vor dem Schuß, alles hing jetzt von seiner Bereitschaft ab, von der Koordination und vom richtigen Timing. Erfahrung hatte er. Er war mindestens zehn Zentimeter kleiner als Babu, was ihn, wie Babu wußte, in eine unterlegene Position versetzte, die ihm nicht gefiel. Doch daran war Babu gewöhnt, denn fast jeder Mensch, dem er begegnete, war kleiner als er. Diese Größe hatte er, wie es schien, von dem Goi seiner Mutter geerbt.

Schnaider erklärte Babu, langsam und deutlich, daß die Jungen im benachbarten Geschäft einen Gestank wahrgenommen und das städtische Gesundheitsamt gerufen hätten, und diese Leute hätten zwischen den Reifen im Hinterhof der Bar eine Leiche gefunden und die Polizei alarmiert. Schnaider forderte Babu mit seiner sanften Henkersstimme nun auf, einen Blick auf die Leiche im Krankenwagen zu werfen, vielleicht könne er sie identifizieren. Die anderen hätten bereits einen Blick darauf geworfen, sie aber nicht erkannt. Babu folgte Schnaider und dachte zum tausendsten Mal, daß er diese Reifen im Hinterhof entsorgen müßte. Jemand öffnete von innen die Tür des Ambulanzwagens und zog dann das Laken vom Gesicht des Toten.

»Viktor Vargas«, sagte Babu zu Schnaider. »Bauarbeiter aus Brasilien.«

Schnaiders Gesicht leuchtete für einen kurzen Moment auf, und Babu wußte, was er dachte: Bei mir redet er, dieser »Nicht-Reder«. Einen Schnaider gibt es schließlich und endlich nur einmal.

Er wollte fragen, was passiert war, wie er ermordet wurde, und tat es nicht, doch Schnaider schien seine Gedanken zu lesen, und wie ein Zauberkünstler, der den Vorhang aufzieht, entfernte er das Laken ganz. In Viktors Brust steckte ein Messer, und auf seinem Hemd waren die blutigen Spuren von drei weiteren Einstichen. Sein Körper war klein, wie der Körper eines Kindes, das kleine Gesicht, das die Bräune der Mulatten verloren hatte, war zu einer Tonmaske geworden, an deren Lidöffnungen schwarze Wimpern geklebt worden waren, und das abstehende, glänzende schwarze Haar umrahmte seinen Kopf wie mit einem Lichtschein. Babu dachte, daß Viktor, als Gloria ihn in ihrem Dorf in Santa Katharina kennengelernt hatte, sicher der schönste Junge im Dorf gewesen sein mußte, und daß gerade jetzt, wo er tot war, Soledad ihm ähnlicher sah als ihrer Mutter. Auf Viktors einem Arm befand sich ein kleiner Fleck Schmieröl, und Babu fragte sich, ob die Polizisten Viktors Fahrrad gefunden hatten.

Oberfeldwebel Schnaider schlug mit der flachen Hand gegen die Tür des Krankenwagens, und dieser fuhr los. Er stellte Babu Fragen, auf die er keine Antwort hatte: Wo Viktor wohne, wo er arbeite, wer seine Freunde seien, ob er in der Vergangenheit in Streitigkeiten mit jemandem verwickelt gewesen sei, ob er Feinde gehabt habe, wer das hätte tun können.

»Macht es Ihnen etwas aus, in die Bar zu gehen?« fragte Schnaider Babu. Sie standen immer noch draußen an der Stelle, wo der Krankenwagen vor seiner Abfahrt mit dem toten Viktor Vargas geparkt hatte.

»Hol alle rein. Damit sie nicht anfangen, mir wegzulaufen«, sagte er zu Feldwebel Ben Basat.

Die armen Dummköpfe traten still ein, hielten ihre Papiere fest, setzten sich an die feuchten Holztische und legten die Hände auf den Tisch, als wollten sie sagen, hier, alles offen, wir verbergen nichts. Sein Geigerzähler, der die ganze Pein der Welt einsammelte, all diese Leiden, die niemand hörte außer ihm, versetzte seine Nerven in Schwingungen. Er spürte, wie ihre Eingeweide zitterten, darauf bedacht, keine Bewegung zu machen, die Ärger erregen könnte, nicht verdächtig mit der Wimper zu zucken, sich nicht den Schweiß abzuwischen, der über die Stirn lief, sich nicht zu übergeben vor lauter Angst, nicht das Hemd in die Hosen zu stecken, sich nicht anzulehnen, sich schon anzulehnen, nicht lächeln, schon lächeln, reden, schweigen. Was, was sollten sie tun, um nicht verdächtig zu sein, sie, die immer verdächtig waren, schon seit dem Tag ihrer Geburt. Deren Armut, Unwissenheit und Verwahrlosung sie verdächtig machte, als ob sie Indiz für ein verborgenes Verbrechen seien, sie, die sich auch im Schlaf verdächtig fühlten, die sich selbst im Verdacht hatten, daß sie wirklich schuldig waren. Denn wenn dem nicht so war, weshalb wurden sie dann von diesem Gefühl verfolgt, daß es einen Grund dafür gab, und was sollten sie jetzt tun, um weniger verdächtig zu erscheinen?

Oberfeldwebel Schnaider hob seine Stimme. Schnaider war auch ein Botschafter, ein Mensch, der einen anderen dazu brachte, etwas zu tun, das er nicht beabsichtigt hatte, ein Mensch, der dem Ball den ersten Stoß gibt, der das erste Wort in den Raum schickt und bei Berührung mit ihm ein elektrisches Feld aktiviert, ein Mensch, dessen Abwesenheit die tibetanische Option darstellt.

»Der Name des Ermordeten ist Viktor Vargas«, sagte Schnaider zu seinen Polizisten. »Er war ein Bauarbeiter aus Brasilien. Er wurde mit Messerstichen ermordet. Fragt sie, was sie über ihn wissen.«

Zwei Polizisten, die offenbar Rumänisch sprachen, gingen zwischen den Rumänen umher, und zwei weitere, die Englisch konnten, befragten Jehosafat und die beiden Filipinos oder Thais. Der aus Ghaza war nicht da. Anscheinend hatten sie ihn schon mitgenommen.

Schnaider wandte sich an Babu. Grelles Licht flammte mit einemmal in Schnaiders Kopf auf. Im Inneren, in den hell erleuchteten Korridoren und Räumen in Schnaiders Gehirn, erblickte Babu all seine Fragen, Überlegungen und Schlußfolgerungen. Er konnte sehen, daß Schnaider ein Mensch war, der wußte, wie man Dinge wollte, und es liebte, Dinge zu wollen, und das, was Schnaider wollte, löste Ereignisse und Veränderungen bei Menschen aus. Schnaider konnte Ziele erkennen, und die Wege, die ihn dort hinbrachten, planen. Babu wußte, daß Schnaider dachte, er sei der Mörder, und daß er das ihm bevorstehende Verhör gebührend genießen würde. Er sah, er sah es richtig vor sich, wie Schnaider im Geiste die Hände faltete wie ein Pianist vor dem Konzert, hörte die abschließenden Beifallsbekundungen, noch bevor er den ersten Akkord angestimmt hatte, denn Schnaider empfand sich als Künstler, und ein Künstler hat bekanntlich Gespür für sein Publikum, das diesmal aus seiner Polizistentruppe und Babu selbst bestand. Die Rumänen waren das schmückende Beiwerk. Ich bin euer Sühneopfer, sagte sich Babu innerlich, euer Sühneopfer bin ich, und fast freute er sich – da ging er nun an einen Ort, an dem er vielleicht endlich allein sein würde. Er mochte es nicht, in Phantasien abzuschweifen. Die Phantasie war ein Feind. Sie beinhaltete sämtliche menschlichen Fähigkeiten, auch die Fähigkeit, mit Füßen zu treten, zu quälen und zu töten, und er, der ein guter Mensch sein wollte, wußte, daß er nur dann niemandem schaden würde, wenn er ein stummes, regloses Werkzeug war, bar jeder Phantasie, bar jeglicher Beziehung zu seinen Mitmenschen. Jetzt aber war er trotzdem gezwungen, über seinen Anteil an diesem Mord an Viktor Vargas nachzudenken und über die Schlußfolgerungen, zu denen die Polizei gelangen würde.

Denn wer, wer hatte denn den Namen des Ermordeten gewußt und ihn den Polizisten genannt? Wieviel Zeit würde die Polizei benötigen, um herauszufinden, bei wem die Ehefrau des Ermordeten und seine Tochter wohnten? Und wie lange würden sie dann zu seinem Haus brauchen, um Viktor Vargas' Witwe zu verhören? Und was würden sie finden, wenn sie bei ihm zu Hause angekommen wären? Eine auf den Kopf gestellte Küche und Blutspuren auf den Möbeln, das würden sie finden, und eine mit Messerstichen tätowierte Frau. Warum hat er dir das angetan, würden die Polizisten sie fragen, und sie würde antworten, so wie sie es zu ihm gesagt hatte, daß Viktor sie verdächtigte, mit Babu zu schlafen. Und Babu solle bloß nicht erzählen, er habe sie aus reiner Tierliebe zu sich genommen, Schnaider war nicht von gestern, man erzählte ihm besser keine Geschichten. Warum erhielt die verletzte Gloria keine Behandlung im Krankenhaus? Aus Angst vor der Polizei hat sie keine Behandlung im Krankenhaus erhalten. Man hat sich also vor der Polizei gefürchtet, aha! Und warum, warum fürchtete man die Polizei? Weil Babu vorhatte, Viktor zu töten, nachdem der Gloria zerschnitten hatte. Er solle es zugeben, er solle doch gestehen. Hatte er sich nicht ausgemalt, wie er in seiner Bar auf Viktor wartet, ihn in den Hinterhof zerrt und dort, zwischen den Reifen, mit seinem Messer auf ihn einsticht, nicht einmal, zweimal oder dreimal, nein, viermal, damit Viktor den Tod vor Augen sehe, damit Viktor durchmache, was Gloria durchgemacht hat, damit er auf die Knie falle und um sein Leben bettele, sich in die Hosen mache vor lauter Angst angesichts der Achter, die Babus Messer einen Zentimeter von seinen Augen entfernt in die Luft schneidet. Auge um Auge, Zahn um Zahn. Stimmt's, oder stimmt's nicht? Stimmt's oder nicht?

Schließlich sind wir auch für unsere Gedanken verantwortlich, sie werden nicht im leeren Raum geboren, dachte Babu. Sie werden innerhalb der Wirklichkeit geboren, in der zu leben wir uns ausgesucht haben oder gezwungen wurden. Sie sind die persönliche »Antwort«, die wir auf jene Wirklichkeit zu geben wählen. Ein rennender Junge mit einem Stein in der Hand und er, der ihn verfolgt, um ihn zu töten, das war die Realität, und das war seine Erwiderung auf jene Wirklichkeit gewesen. Glorias Schnittwunden hatten in ihm den Gedanken an die einen Zentimeter vor Viktors Augen wirbelnde Klinge geboren. Er konnte seine Reaktion nicht verleugnen, er war auch für seine Gedanken verantwortlich und nicht nur für seine Taten. Wenn ich daran glaube, daß mich die Entleerung der Gedanken aus meinem Kopf zum schweigenden Schnee auf den Höhen des Himalaja bringt, dachte Babu, dann muß ich auch glauben, daß die Gedanken, die mir den Kopf vollmachen, Viktor töten können. Denn wenn mein Denken besagt, so ist es mit der Welt unter der einen Voraussetzung, dann muß es auch unter der anderen Voraussetzung so sein. Wenn ich nicht glaube, daß der Gedanke an Viktors Ermordung in der Wirklichkeit Gültigkeit besitzt, werde ich nie den Himalaja erreichen, oder wenn, oder wenn. Diese Gedanken haben also zu bedeuten, daß ich, Babu, tatsächlich für den Tod Viktors verantwortlich bin.

»Ich mache von meinem Recht der Aussageverweigerung Gebrauch«, sagte Babu zu Oberfeldwebel Schnaider. Schnaider lachte.

13

Er saß im Vernehmungsraum auf der Polizei und nickte, richtig, richtig, richtig, nach jedem Satz, den er hörte, stimmt, stimmt, stimmt, nach jedem Wort, das an sein Ohr drang, richtig, stimmt, genau! Richtig, Oberfeldwebel Schnaider, und stimmt, Feldwebel Ben Basat, und genau, genau, nickte er, als der Rechtsanwalt, den seine Mutter besorgt hatte, Herr Morris Elkana, sprach, stimmt, stimmt. Sie redete nicht viel, die Sozialarbeiterin aus der Abteilung für psychische Gesundheit, doch er erinnerte sich an sie. Iris, ja, Iris hieß sie, aber damals hatte sie noch einen schwarzen Zopf, wie eine aus dem Kibbuz, und stimmt, stimmt, stimmt, nickte er, als der Arzt aus dem Tel-Haschomer-Krankenhaus, Doktor Nafcha, endlich etwas sagte. Er sah immer noch erkältet aus, wie damals, Allergien vielleicht, was seinen Worten einen klagenden, beleidigten Unterton verlieh, auch wenn er sich freute, obwohl er ihn niemals fröhlich gesehen hatte. Mein Gott, wenn er nur mit diesem Nicken aufhören könnte, er wollte nicht nicken, wie ein Pinocchio fühlte er sich mit diesem Kopf, der auf seinem Hals wackelte, sie würden noch denken, er versuche, ihnen Theater vorzuspielen oder sonstwas, so hatte er sich auch damals verhalten, bei der Gruppentherapie, mit den äußerlich und innerlich Verbrannten, als sie wie Schulkinder in der Klasse in den Kreis gesetzt wurden und er nicht wußte, ob er »gut« oder »böse« zu sein hatte. Was wollten sie, was erwarteten sie von ihm, die Therapeuten? Sie ermutigten Schweigen wie Reden, Gefügigkeit wie Auflehnung, ermutigten Lachen wie Weinen, und er fühlte sich verloren, weil alles erlaubt war, und nickte wie verrückt, nickte zu nein und zu ja, zu schwach und stark, zu neu und alt. Ja! applaudierte sein Kopf, der wider seinen Willen agierte, ja! Jawohl!

Wie hatte sie es geschafft, seine Mutter, sie ausfindig zu machen, nach all den Jahren, und sie in diesem Verhörraum auf der Polizei zu versammeln, wie war ihr das bloß gelungen? Sie war wieder »dort«, und alle ringsherum waren wieder die »Bösewichter«, die es zu überlisten, zu kaufen, zu bestechen galt, einen Schritt voraus denken, bevor es zu spät ist, die richtige Bresche finden, das schwache Glied, unverschämt werden, falls nötig, flehen, lügen, stehlen, aus jedem das Möglichste herausholen. Woher nahm sie die Kraft, sich den Oberfeldwebel Schnaider zu unterwerfen, was hatte sie zu ihm gesagt, das ihn dazu brachte, alle seine Fürsprecher hierherzuholen? Sie hatte ihre Tüte mit den Papieren, den Dokumenten, den Bestätigungen mitgebracht, samt den Röntgenaufnahmen. Sie war wieder das mythologische Opfer, und wieder summten ihm die Worte in den Ohren, die sie dachte, und nicht aussprach, oi Kindele, Kindele, oi Seelchen, Flämmele, Lämmele, Lebele, Bleibele, Mama wird dich mit ihren Nägeln und Klauen den Händen der Räuber, der Plünderer und Mörder entreißen, die sich zu unserer Vernichtung erheben, die Amaleks und die Hamans, die Chmelnitzkis und die Hitlers, getilgt sei ihr Name, deren Reihen jetzt um Schnaider und Ben Basat erweitert worden waren, mögen sie alle in den Flammen der Hölle brennen, sie, ihre Kinder und Kindeskinder. Fast keine Luft zum Atmen blieb ihm mehr vor lauter Worten, und auch das Licht wurde immer schwächer, gleich würde er ersticken vor lauter Worten, die durch den Raum schwirrten, wie ein Marder fühlte er sich, dem man Beton in seine Höhle goß.

Sie platzte vor Lachen, als Schnaider sagte, daß Babus Motiv, Viktor Vargas zu ermorden, ein Zuhälterstreit sei. Gloria sei eine Nutte. Tagsüber arbeite sie im Haushalt, und in der Nacht für Viktor. Die ganzen Brasilianer hätten das bezeugt. Am Ende der Allenbystraße, neben der Hauptpost, in den kleinen Gassen dahinter, dort war ihr Revier, sie trieb es in den Höfen. Ihre Klientel waren die Fremdarbeiter. Sie hatte beschlossen, Viktor zu verlassen und für Babu zu arbeiten. Viktor hatte Gloria zerschnitten, um ihr Angst einzujagen und sie zu zwingen, zu ihm zurückzukehren. Babu hatte Viktor ermordet. Ob vorsätzlich oder unabsichtlich, das würde sich noch zeigen.

»Schauen Sie ihn an!« sagte die große Überlebende zu Schnaider, wobei sie auf ihren Sohn deutete. »Er hat schon seit zehn Jahren mit keiner Frau geschlafen!«

»Frau Salomon«, brachte sie der Arzt mit zorngerötetem Gesicht zum Schweigen.

»Das besagt gar nichts«, gab Schnaider Frau Salomon zurück und überging den Zorn des Arztes, »im Gegenteil.«

»Was im Gegenteil?« brauste seine Mutter auf. »Was im Gegenteil?«‹

»Viele Zuhälter sind impotent.«

»Ich gehe. Sie entschuldigen mich«, sagte der Arzt und erhob sich von seinem Platz.

»Er ist nicht impotent!« sagte sie. »Er hat ein Kampftrauma! Ein Armeeinvalide zu fünfundvierzig Prozent ist er! Doktor Nafcha, setzen Sie sich!«

»Das ist momentan nicht das Thema, Frau Salomon«, versuchte der Rechtsanwalt die Gemüter zu beruhigen, »die Frage ist, ob er den Brasilianer ermordet hat oder nicht, und ich bin hier, und der Doktor und die Sozialarbeiterin sind hier, um der Polizei zu erklären, daß er dazu nicht imstande ist. Fragen Sie ihn, Frau Salomon.«

»Was?« fragte Frau Salomon, einfach prachtvoll in ihrem Zorn.

»Wir brauchen die Erlaubnis Ihres Sohnes, um der Polizei die ärztlichen Unterlagen zugänglich zu machen.«

»Ah!« Abrupt wandte sie sich Babu zu. Die großen blauen Augen, die Kleinmädchenaugen, die Gendarmen und Polizisten, Soldaten und Grenzwächter, Bürgerwehr und Türhüter überlistet hatten, die jeden Uniformierten hinters Licht führten, jeden Menschen mit Knöpfen, Streifen und Schulterklappen oder der so aussah, als hätte er so etwas, diese Augen bohrten sich jetzt wie zwei Spieße in sein Gesicht. Er erinnerte sich an diesen fordernden Blick, der wie mit eiserner Faust seine Wirbelsäule zusammenbog, sich mit einem starken Strick um seinen Bauch schloß und ihn zusammenklappen ließ.

»Das Gesetz sagt, Jingale, daß der Patient die Erlaubnis dazu geben muß, daß seine medizinische Akte eingesehen wird. So hat es mir Rechtsanwalt Elkana erklärt. Wir müssen deine Akte einsehen, um dich hier rauszuholen. Bist du einverstanden, Jingale, daß ich der Polizei deine ärztlichen Unterlagen zeige?«

Ja, ja, ja, nickte sein Kopf, ja, ja, ja.

Sie stieß die Plastiktüte auf dem Tisch zu Oberfeldwebel Schnaider hinüber.

»Das sind die Kopien von den Originaldokumenten.«

Schnaider öffnete die Tüte und blätterte in den Papieren, die Babus Krankheitsgeschichte enthielten, sowohl die physische als auch die psychische, und er nickte, ja, das bin ich, das bin ich in diesen Papieren dort, jawohl, und ich bin auch der Mensch, der euch hier gegenübersitzt und der nicht in diesen Papieren zu finden ist.

»Was wollen Sie beweisen? Daß er krank ist?« fragte Schnaider seine Mutter.

»Er kann keiner Fliege was zuleide tun.«

»Wenn ich nur so oft, wie ich das schon gehört habe, einen Dollar gekriegt hätte.«

»Was soll das, sind wir im Bazar hier? Wir sprechen von einem Soldaten der israelischen Verteidigungsarmee, der während seines Militärdienstes verwundet wurde.«

»Nein, Frau Salomon, wir sprechen von einem Mordverdächtigen, und das steht in keinerlei Zusammenhang mit der israelischen Verteidigungsarmee. Er hatte ein Motiv.«

»Von Babu zu sagen, daß er – ich bringe es gar nicht über die Lippen. Das ist ein schlechter Scherz. Sex interessiert ihn nicht. Geld interessiert ihn nicht. Was für ein Motiv?«

Schnaider fürchtete sich nicht vor ihren blauen Augen. Er hatte eine Uniform, Rang und Abzeichen.

»Er wollte sie an seiner Seite. Vielleicht ist er in sie verliebt. Er hat ihr Genehmigungen besorgt, damit sie ihre Tochter ins Land bringen kann und sie bei ihm wohnt!«

»Ich habe diese Genehmigungen erwirkt. Damit sie sich um ihn kümmert. Ihm den Haushalt führt. Kocht, putzt. Und überhaupt ist sie in diesen Rumänen verliebt, Corneliu! Mit ihm schläft sie! Jeder weiß das! Der Brasilianer hat von der Geschichte seiner Frau mit Corneliu erfahren und versucht, sie umzubringen, und da hat der Rumäne, um sie zu schützen, den Brasilianer umgebracht! Habt ihr Corneliu gefragt? Ihn verhört? Die Freunde von dem Rumänen? Die Freunde von dem Brasilianer? Gloria?«

»Ja. Sowohl Corneliu als auch Gloria befinden sich in Untersuchungshaft.«

Was ist mit Soledad, wollte er fragen, nickte und nickte, was ist mit Soledad, wer kümmert sich um sie, wo ist sie?

»Obwohl sowohl Corneliu als auch Gloria ein Alibi haben«, fügte Schnaider hinzu.

»Das sie sich gegenseitig gegeben haben«, erwiderte seine Mutter höhnisch.

»Deshalb sind sie noch in Untersuchungshaft.«

»Und von all diesem schmutzigen Gesindel ist der einzige Mensch, der kein Alibi hat, Babu.«

»Richtig.«

»Sie werden meinen Sohn nicht zum Sündenbock machen.«

»Bitte, Frau Salomon. Sagen Sie mir doch, was ich tun kann, wenn Ihr Sohn beschlossen hat, nicht zu reden.«

»Aber er redet nie! Und wenn Sie ihn hundert Jahre hier festhalten, wird er nicht reden. Doktor Nafcha! Sagen Sie es ihm! Schauen Sie!« sagte sie zu Schnaider, bevor der Doktor seinen Mund öffnen konnte. »Es gibt Menschen, die fasten, um ihren Körper zu reinigen, haben Sie davon gehört?«

»Na und?«

»Und Babu schweigt, um seine Seele zu reinigen.«

»Wovon?« fragte Schnaider.

»Von Leuten wie Ihnen, Herr Schnaider, die nicht glauben, daß es auf der Welt lautere Menschen gibt.«

»Lautere Menschen sind in der Lage, zwischen Gut und Böse zu unterscheiden. Das ist wichtig in unserer Angelegenheit, Frau Salomon.«

»Er ist nicht imstande, sich selbst zu verteidigen, Oberfeldwebel Schnaider«, sagte der Rechtsanwalt.

»Wir werden das Gericht bitten, ihn zur Beobachtung zu schicken.«

»Das brauchen Sie nicht. Alle Dokumente befinden sich hier, in der Akte, die Ihnen Frau Salomon übergeben hat.«

»Mein verehrter Herr, in der Wohnung des Verdächtigen haben wir Blutflecken von Viktor Vargas und von Gloria gefunden.«

»Haben Sie auch Blutflecken von Babu gefunden?«

»Nein.«

»Ich sage Ihnen nicht, wie Sie Ihre Untersuchung zu führen haben, Oberfeldwebel Schnaider«, mischte sich die Mutter des Verdächtigen in das Gespräch der Experten ein, »ich sage nur, daß Babu ein Armeeinvalide mit einem Kampftrauma ist, damit Sie nachher nicht sagen können, Sie hätten von nichts gewußt. Alle Bestätigungen sind hier in dieser Akte, und einen solchen Menschen nimmt man nicht zum Verhör mit und hält ihn auf der Polizei fest, einen solchen Menschen, wenn es denn sein muß, verhört man zu Hause, mit einer Krankenschwester und einem Arzt, die ihn überwachen, denn wenn er wieder zusammenbricht und wieder nach Tel Haschomer kommt, dann verspreche ich Ihnen, daß unser Anwalt, Herr Morris Elkana, eine Klage gegen Sie einreichen wird wegen Mißhandlung eines Verhörten, von dem Sie wußten, daß er krank ist.«

»Sie drohen mir?« fragte Schnaider Babus Mutter.

»Sie droht Ihnen nicht«, griff der Rechtsanwalt hastig ein, »sie erklärt Ihnen, daß es keinen Sinn hat, ihn hier festzuhalten. Daß es besser ist, ihn nach Hause zu schicken. Er flieht nirgendwohin. Und soweit ich verstanden habe, ist er auch nicht in der Lage, vor Gericht zu stehen.«

»Sie schlagen vor, ihn einzuliefern?« fragte Schnaider den Anwalt mit sanfter Stimme, dieser Henkersstimme.

»Nein. Sein Zustand verlangt keine Einlieferung.«

»Ist er für seine Taten verantwortlich?«

»Führen Sie den Prozeß schon jetzt? Was ich Ihnen zu sagen versuche, ist, daß jedes Geständnis seinerseits vor Gericht nicht zulässig sein wird. Und was seine Mutter Ihnen zu sagen versucht, ist, daß wir, wenn sich der Zustand Abraham Salomons in der Folge des Verhörs verschlimmert, Klage gegen Sie führen werden.«

»Dann drohen Sie mir also doch.«

»Es gibt einen Unterschied zwischen einer Warnung und einer Drohung, Oberfeldwebel Schnaider.«

Babu nickte. Stimmt, stimmt, stimmt, nickte er nach jedem Satz des Anwalts, nach jedem Satz seiner Mutter, nach jedem Satz Schnaiders, richtig, richtig, richtig, die Worte, die Worte, diese Worte, die über ihm zusammenschlugen, sich zu einem wachsenden Berg auftürmten, einem Berg, der immer mehr zu Weiß verblich, immer mehr abkühlte, ihn von Licht und Luft abschloß, schon berührten sie ihn fast nicht mehr, die Worte, schon hörte er die Fragen kaum noch, noch ein kleiner Schritt, eine letzte Anstrengung und er würde wieder in seiner Höhle sein. Da, da war sie, die Höhle, nach der er sich sehnte, die kleine dunkle Höhle, dort oben in den hohen Bergen Tibets, zwischen dem ewigen Schnee. Hier hörte man die pfeifenden Winde nicht, die im Sturm brechenden Eisfelsen, die Tritte der wilden Jaks und der Wölfe, die den verschneiten Boden zertrampelten. Und in diesem Schweigen, das immer dichter, immer dicker wurde, hörte er, anfangs ganz leise, den tiefen, dunklen Ton der Bronzehörner, und danach den weichen Klang, fern noch, der Zimbeln und Gongs, und er erkannte auch die Stimme der aus Menschenknochen gefertigten Flöten und wußte, daß sie zu ihm kamen. Sie kehrten zurück zu ihm, die gelben Mönche, sie hatten ihn nicht vergessen, sie waren wieder bei ihm in seiner Höhle, und ein großes Glücksgefühl überflutete ihn. Er war angekommen, angekommen, sie waren bei ihm, es war ihm vergönnt, und wieder blieben nichts als er, die Höhle und die Dunkelheit übrig, die Haut auf seinem Körper als Decke, die ihn vom Scheitel bis zur Sohle bedeckte, und er hörte nur, was er hören wollte, sah nur, was er sehen wollte, Tränen des Glücks überschwemmten seine Augen, sie hatten ihn nicht im Stich gelassen, die gelben Mönche, sie hatten auf ihn gewartet, was er die ganze Zeit gehofft hatte. Sie warteten auf ihn auf diesen weißen Gipfeln, die nichts wollten und nichts anstrebten und nichts versprachen außer dem absoluten Nichtsein, ein Mensch, eine Höhle und Dunkelheit, Mensch, Höhle, Dunkelheit. Sie waren wieder bei ihm, die kalten Berge und die gelben Mönche, er würde sich hier auf dem Höhlenboden zusammenrollen, sich eingraben in die vereiste Erde und sich selbst erschaffen, so wie er sich bereits in der Vergangenheit erschaffen hatte, ohne Glauben, ohne Beziehung, ohne Tat, ohne Gefühl, ohne Gedanken, ein Dasein des alleinigen Bestehens. Hier, ausgerechnet da geschah es, an einem Ort, wo ihm niemals in den Sinn gekommen wäre, daß es passieren würde.

»Hier bleiben«, flüsterte Babu.

Die Menschen im Vernehmungsraum verstummten.

»Was hast du gesagt, Babuniu?« fragte seine Mutter.

»Ich will hier bleiben.«

Die Tränen strömten ihm jetzt übers Gesicht, er hatte Angst, fürchtete, daß diese Worte, die aus seinem Mund kamen, die Stimme, die im Raum schwang, seine Mönche erschrecken, die tiefen dunklen Töne der Hörner und das zart hallende Klingeln der Gongs von ihm entfernen würden, und er rutschte zu Boden, rollte sich zusammen und bedeckte sich mit seiner eigenen Haut bis über den Kopf, kehrte in die sanfte, schützende Dunkelheit zurück und überließ sich dieser kalten Stille, zu der er zurückgefunden hatte, nachdem er beinahe verzweifelt war.

14

Gloria wurde zwei Tage nach Babu aus der Haft entlassen. Sie hatte im Untersuchungsgefängnis ärztliche Behandlung erhalten, und sein Badezimmer verströmte Gerüche nach allen möglichen Arzneien, die sie schluckte und auftrug. Schade, dachte er, daß alle ihre Schnitte nur auf der Vorderseite waren; fast bedauerte er es, daß Viktor ihr nicht auch hinten Stichwunden beigebracht hatte, denn dann hätte sie sich von ihm helfen lassen müssen, wie damals, als sie zum ersten Mal bei ihm war. Und seine erbarmenden Hände auf ihrem kleinen Körper, die sie mit der Geübtheit einer barmherzigen Schwester wuschen, ohne etwas zu fordern, hätten ihr gutgetan. Er liebte es, sich an dieses Gefühl in den schaumigen Handflächen zu erinnern, die die Oberschenkel und den kleinen Hintern, die Brüste und den Schritt einseiften, und er fragte sich, ob auch sie daran dachte. Er hatte schon viele Jahre mit keiner Frau mehr geschlafen und war überrascht gewesen, welches angenehme Gefühl dieses Waschen in ihm hinterließ, und zufrieden darüber, daß dieses angenehme Gefühl keinerlei sexuelle Erregung in ihm hervorrief. Früher hatte er Frauen geliebt, und nachdem er sie einmal entdeckt hatte, war er die meiste Zeit geil, rannte ihnen nach wie ein toller Hund, und zu seinem Glück liebten auch sie ihn, seinen hochgewachsenen, starken Körper und die unverhüllte Freude, die er daran hatte, sie zu umwerben. Diese Freude erstarb mit dem Tag, als sein Körper unter den Flügeln der alten Glucke verbrannte, die zusammen mit ihm in Flammen aufging. Der Gedanke, daß ihn ein weibliches Wesen berührte, erweckte Furcht und Abscheu in ihm.

Er war nicht zu Hause in der Nacht, und daher konnte er nicht wissen, ob es stimmte, daß sie sich in den Höfen hinter der Hauptpost herumtrieb. Er wollte sie nicht fragen. Wenn er fragte, würde er einen Kontakt herstellen, den er nicht wollte. Er würde fragen, und sie würde antworten, was wiederum zu weiteren Fragen und Antworten führen würde, und vielleicht auch zu Wut, Beleidigung und Bitterkeit, die in der Luft hängenbleiben würden, nachdem sie sich wieder in ihr Schweigen zurückgezogen hatten. Er fühlte sich wohl in ihrem beiderseitigen Schweigen, es war das Territorium, in dem jeder für sich lebte, mit seiner inneren Geographie und den natürlichen Grenzen, den Bergen und Tälern, dazwischen die Pflanzenwelt und das Wasser, die Vögel der Nacht und des Tages. Das Schweigen war die einzige Verpflichtung, die sie einander auferlegt hatten. Soweit es ihn betraf, stellte das Sprechen eine Macht dar, eine Kraft zum Guten wie zum Schlechten. Das Wort stand am Anfang der Handlung, einer guten oder schlechten Tat, zumeist aber einer schlechten. Auf ihre Weise, in der Art der kleinen Kreaturen, die in den Wäldern zu überleben lernen, verstand sie, was er von ihr wollte. Er hatte das Gefühl, daß es nicht stimmte, daß sie sich nicht mit Kunden in den Höfen hinter der Post herumtrieb, sondern daß die Brasilianer sie in den Dreck zogen, weil sie sich an ihr für den Mord an Viktor rächen wollten und sich so auch nebenbei auf ihre Kosten freisprachen, denn seit sie sich mit Corneliu eingelassen hatte, sahen sie in ihr eine Verräterin.

Wenn er das Haus um die Mittagszeit verließ, waren sie nicht zu Hause, und wenn er gegen Morgen zurückkam, schliefen sie, im Grunde wußte er kaum etwas über sie. In der Nacht sah er Soledad in ihrem Kinderbettchen und daneben Gloria auf der Matratze am Fußboden liegen. Manchmal, wenn die Decke heruntergerutscht war, deckte er das Baby zu oder legte den Teddy, der zu Boden gefallen war, wieder ins Bett zurück, und einmal hatte er ihr auch die Flasche gegeben, als sie plötzlich wimmerte. Er war von der Bar nach Hause gekommen, und das Knarren der sich öffnenden Tür weckte sie auf. Sie hob ihren Kopf und betrachtete seine dunkle Silhouette, ihr Mund verzog sich, und plötzlich begann sie zu weinen. Er nahm schnell die Teeflasche, die am Bettende lag, und steckte sie in ihren Mund, damit sie ihre Mutter nicht weckte. Sie nuckelte an der Flasche und betrachtete ihn mit ihren Indianerinnenaugen, bis diese schließlich zufielen und sie wieder einschlief. Für einen Moment war er zu ihrem Schutzengel geworden. Er wartete ganz ruhig, bis ihr Körper sich entspannte, mit leicht geöffnetem Mund, und erst dann entzog er ihr vorsichtig die Flasche und legte sie an ihren Platz zurück. Sie wird sprießen wie das wilde Gras auf dem Felde, dachte er, ohne Vater, ohne Heimat, und wenn sie Glück hat – wird sie Blumen und Früchte tragen, und wenn sie kein Glück hat – wird man sie jäten. Wie schwach und zufällig die Kraft der Schöpfung ist, und wie wunderbar, dachte er, während er den kleinen, ruhig atmenden Körper betrachtete, daß sein Zuhause zu ihrem geworden war. Irgendwann einmal, in einem Nacht- oder Tagtraum, würde der große Mann zu ihr zurückkehren, der an ihrem Bett stand, als sie ein Baby war, und sie würde sich fragen, ein Geist? Ein Engel? Gab es ihn wirklich oder nicht? Vielleicht würde seine Silhouette zu der Erinnerung werden, die sie von ihrem Vater nie hätte, und die Sehnsucht nach einem Vater würde sich in dieser nebelhaften Gestalt erschöpfen.

Am Schabbat traf er manchmal auf Gloria und Soledad, und die Kleine wirkte gesund und gut versorgt. Wenn sie müde war, steckte sie einen Finger in den Mund und runzelte ihre Augenbrauen, als würde sie gleich in Weinen ausbrechen. Einmal kaufte er von einem Straßenhändler ein Päckchen Haargummis in den verschiedensten Farben, und Gloria faßte das kurze, weiche Haar zu einem lustigen kleinen Schopf über der Stirn zusammen. Nachdem er dreimal in der Woche früh aufstehen und zur Klinik gehen mußte, kam es vor, daß er ihr auch in der Früh begegnete. Dann lächelte sie ihn an und rief »Babu«, die schwarzen, schmalen Augen öffneten sich weit, die beiden Händchen streckten sich ihm entgegen, und der kleine Körper hängte sich an ihn wie ein Äffchen. So hatte er sich bei der Bar-Mizwa gefühlt, als sie ihm die Thorarolle zu halten gaben, eine Mischung aus Furcht, er könnte das kostbare Gut fallenlassen, und heiliger Ehrfurcht.

Die Therapiegruppe deprimierte ihn, aber das war die Auflage für seine Entlassung aus der Haft gewesen. Er kannte die Psychiater und Psychologen nicht mehr, und zu Beginn konnte er nicht zwischen den Behandelnden und den Behandelten unterscheiden. Die Forderung dieser Treffen war quälend für ihn. An diesem Ort war er schon, diese Zeremonien kannte er, den irritierenden Widerspruch zwischen den verstohlenen Blicken, der heimlichen Katalogisierung all dessen, was er tat oder nicht tat, und dem Vermeiden, den Dingen einen Namen zu geben, als ob die bloße Bezeichnung das definieren und festlegen würde, was noch im Urzustand, wie ein Bach zwischen den ganzen Pflanzen und Steinen am Grunde dahinfloß, und eine Benennung die Menschen von den Orten, an die sie aus eigener Kraft gelangen sollten, abweichen ließe.

Genau wie damals wußte er auch jetzt nicht, was man von ihm wollte oder erwartete, ob die ihm auferlegte Aufgabe war, das Prädikat »nicht normal« zu erringen oder es loszuwerden, und nachdem er die Aufgabe erfüllt hätte, was dann? Würde er hier bleiben oder könnte er nach Hause gehen? Und was hieß das überhaupt, posttraumatisch? Jeder in der Gruppe hatte schließlich sein eigenes, ganz spezielles »Paket«, und ihre gemeinsame Versammlung verwandelte sie nicht in ein Streichorchester, das ein einziges Werk nach den gleichen Noten spielte. Die Menschen in der Gruppe schlossen Bündnisse und begründeten Feindschaften, sie erwähnten Methoden, die er nicht kannte, neue Behandlungstrends. Ein Junge, der drei Monate nach seiner freiwilligen Rekrutierung erkrankt war, rollte bei den Sitzungen zwei Steine in den Händen, und eine der Therapeutinnen sagte, er reinige das Energiefeld um sich herum, was völlig in Ordnung sei, wenn ihm das helfe. Und eine Soldatin, von der er nicht wußte, weshalb sie hier war, saß immer dem Fenster gegenüber, um sich mit den kosmischen Strahlen zu verbinden, und auch dazu sagten sie, das sei in Ordnung, solange es ihr nur helfe. Er begann sich zu fragen, ob sie auch sagen würden, das sei in Ordnung, wenn er ihnen verriete, daß er der Gruppe als Resonanzkörper diente, daß er die Schreie im Raum hörte, die sie nicht schrien, das Weinen, das keine Tränen in ihre Augen steigen ließ, das Grauen, das ihre Knochen schüttelte, die Wut, die den Mund mit dem heißen, übelkeiterregenden Geschmack von Adern, mit Zähnen gerissen, erfüllte; daß er, der Geigerzähler des Leids, alles hörte und sah, wie sich der Bauch der Leute zusammenzog, den zugeschnürten Hals, das in den Kopf schießende Blut, das Zittern der gewaltsam verschränkten Hände, die Augen, die plötzlich zu sehen aufhörten, die Ohren, die plötzlich zu hören aufhörten. Ob das auch in Ordnung wäre, wenn er zu ihnen sagte, er wolle hier raus, er wolle hier nicht sein, ihm genügten seine eigenen Qualen, die Menschen um ihn herum ließen seine Haut in Flammen aufgehen, und die Worte, die er hörte, würden zu Schmerzensschreien in seinen Ohren. Daß er an seinen Platz an der Grenze von Jafo zu Tel Aviv gehen wolle, zu dem kleinen Hügel am Meer mit dem dürren Gras und der Brandung der schwarzen Wellen unterhalb der Felsen, daß er Tag um Tag sein Leben leben wolle, jeden Tag für sich inmitten der von der Arbeit am Bau ausgelaugten Rumänen, die gelernt hatten, nicht mit ihm zu reden, die sich an ihre unsichtbare Existenz gewöhnt hatten, innerhalb der Stille, die er um sich herum geschaffen hatte, die Stille, die ihm eines Tages, eines Tages, das Schneegebirge und die gelben Mönche zurückbringen würde – ob sie wohl auch dann sagen würden, das sei in Ordnung, solange es ihm nur helfe?

Er war die ganze Zeit müde, die Augen fielen ihm von selbst zu, doch es gelang ihm trotzdem nicht einzuschlafen, genau wie damals, im Krankenhaus, als er ein ganzes Jahr lang wegen seines verbrannten Körpers und den gebrochenen Knochen den Tod herbeisehnte, und das zweite Jahr wegen dieser Müdigkeit, die ein Brunnen ohne Grund war, hinterhältig verlogen wie die Medikamente, die er erhielt, von denen er wach anstatt schläfrig wurde.

Er ging zu Fuß von zu Hause zur Bar und wieder zurück, in der Hoffnung, der Spaziergang entlang dem Meeresstrand würde ihn ermüden und er könnte endlich für ein paar Stunden einschlafen. Doch alles, was er davon hatte, war, daß er zwei weitere Stunden eines nicht enden wollenden Tages totgeschlagen hatte.

Manchmal, des Nachts in der Bar, nickte er für einen Augenblick über der Theke ein, wissend, daß die Rumänen das Geld, das sie ihm für ihre Biere schuldig waren, in den Tiegel legen würden. Er wollte die Bar nicht schließen, sie war seine Unterhaltsquelle, seine Selbständigkeit, seine Unabhängigkeit, das Leben jenseits des Coca-Cola-Jungen und des verbrannten Huhns. Was änderte es schon, ob er zu Hause wach war oder in der Bar? Und seine Rumänen, was sollte aus ihnen werden, wohin sollten sie nach dem Arbeitstag auf den Gerüsten denn gehen, wenn er die Bar zumachte? Sie schienen ihm zerknitterter und sandfarbener als gewöhnlich nach den Verhören durch die Polizei, und die Tatsache, daß Corneliu immer noch in Haft saß, deprimierte und ängstigte sie. Seine Bar war, alles in allem, das einzig Gute, was sie in ihrem erbärmlichen Leben an diesem Ort hatten.

In der Therapiegruppe war er der älteste Mann, und jemand hatte über ihn erzählt, er stehe unter Mordverdacht, was ihm einen Sonderstatus verlieh. Wenn er zum Wasserspender im Korridor ging, gab man ihm schleunigst den Weg frei, und niemand setzte sich auf seinen Stuhl, nicht einmal an den Tagen, an denen er nicht an der Gruppentherapie teilnahm, als könnte der Stuhl die Mikroben des Mörders auf jeden übertragen, der darauf saß.

Nachdem seine Mutter dieses Haus am Jarkon für ihn gefunden und er seine Bar aufgemacht hatte, dachte er, er würde nie mehr in diese Klinik zurückkehren. Die Tatsache, daß er nun wieder da war, ärgerte ihn, als müßte er an den Ausgangspunkt eines Pfades zurückkehren, den er vor Jahren hinter sich gelassen hatte, noch einmal mit der Schule oder der militärischen Grundausbildung oder etwas Derartigem von vorn anfangen, um ein Zeugnis zu erwerben, das er bereits hatte.

Die Vernehmungen auf der Polizei verwirrten ihn, die »Gespräche« in der Klinik verwirrten ihn, und er wußte bald schon nicht mehr, ob er Viktor getötet hatte oder nicht, und auch das zerrte an seinen Nerven. Manchmal liefen ihm stundenlang Tränen übers Gesicht, ohne daß er wußte, worüber er eigentlich weinte. Er erinnerte sich ganz genau an das japanische Messer, das einen Zentimeter vor Viktors Augen Achter in die Luft schnitt, an das Entsetzen auf Viktors Gesicht und den üblen Geruch, als sich Viktor vor lauter Angst in die Hose machte. Und er erinnerte sich daran, daß er bei einem der Verhöre Schnaider davon erzählt und ihm auch erklärt hatte, weshalb er Viktor hatte töten wollen. Aber Schnaider sagte, in Viktors Brust habe kein japanisches, sondern ein Küchenmesser gesteckt, und vielleicht erinnere er sich daran, wann und wo er dieses Messer gekauft habe, das Viktor tötete. Doch er erinnerte sich nicht, dieses Messer war nicht seines, vielleicht hatte jemand damit zu Ende gebracht, was er mit dem japanischen Messer begonnen hatte. Nein, sagte Schnaider darauf, an Viktors Körper ließen sich keinerlei Spuren von einem japanischen Messer nachweisen.

Wenn er nach der Klinik in der Bar eintraf, fand er bisweilen Feldwebel Ben Basat, Schnaiders Stellvertreter, dort vor. Manchmal spielte er Karten mit den Rumänen, hin und wieder setzte er sich zu Babu, manchmal redete er, manchmal schwieg er, ab und zu ging er mit George Fische angeln, spielte Schach mit Jehosafat oder nahm am Samstagsfußball teil. Keiner wußte, ob er sich »im Dienst« hier befand, oder ob er einfach kam, um die Zeit über einem Bier oder Kaffee totzuschlagen. Die Rumänen gewöhnten sich an ihn, ebenso Babu, und die Spannung, die seine Besuche bei den ersten Malen begleitet hatte, löste sich.

In den ersten zwei Wochen der Therapiebehandlung kam seine Mutter noch mit Babuniu und Jingale in der Klinik an, die fleischgewordene Entschlossenheit der Überlebensmutter, die mit Nägeln und Klauen zur Rettung kommt, und er war wieder ein rebellischer Junge im Warschauer Ghetto, einer aus der Anhängerschar von

Janusz Korczak, ein Kind, das Schmetterlinge in Theresienstadt zeichnete, und sein Bauch flatterte, als hauste ein großes Küken unter seinen Rippen, genau wie damals, in Tel Haschomer. Doch dann bat sie der Leiter der Abteilung, nicht mehr zu kommen, da diese Besuche bei ihrem Sohn Rückfälle bewirkten. Wenn das Telefon in einem der Zimmer klingelte, wußte er, es war seine Mutter, die sich nach seinem Befinden erkundigte. Er hatte ihre tapfer leidende Stimme im Ohr, wenn sie zu wissen verlangte, wie ihr Babuniu sich fühle, ob ihr Babuniu Fortschritte mache, und ob es vielleicht trotz allem etwas gebe, was sie tun könne. Sogar wenn er sich mit beiden Händen die Ohren zuhielt, hörte er durch die Wände und Korridore weiter ihre Stimme am Telefon, bis das Küken unter seinen Rippen zu bluten begann und er dachte, ich muß nichtexistent werden, ich muß mich annullieren, denn wenn ich sie weiterhin höre, werde ich nie gesund. Manchmal spielte er im Geiste mit der Vorstellung, sie sei tot, existiere nicht mehr, ihr Gesicht eine Tonmaske wie bei Viktor, die Lider über den blauen Augen geschlossen, ihre Hände wie gelbes, altes Kerzenwachs, und es seien kein Lebensgeist und keine Willenskraft mehr in ihr, weder schlechte Fluchterinnerungen noch gute Erinnerungen an Zeichen und Wunder. Sie war eine Puppe aus Ton und Wachs, von einer grauen Staubschicht bedeckt, fleckig von Fliegendreck, und eine verirrte Ameise wanderte über sie hinweg... Und er vergoß heiße Tränen des Neids darüber, daß sie sich mit diesem Nichtsein bedeckt hatte, war wütend, daß sie sich genommen hatte, was eigentlich ihm zustand. Es gehörte rechtmäßig ihm, sein angestammtes Eigentum war dieses Nichts, das er aus ganzer Seele ersehnte, dieses Nichts, das er mit letzter verbliebener Kraft anstrebte, und sie hatte es sich einfach genommen, so ganz nebenbei, ohne es überhaupt zu wollen. Sie hatte sich diese Leere genommen wie jemand, der aus Langeweile und ohne wirkliches Verlangen ein Stück Schokolade vom Teller nimmt.

Aha, aha! Er wußte, weshalb dieses Bild mit der Schokolade in seinem Kopf aufgetaucht war. Das war jetzt das zweite Mal, daß Feldwebel Ben Basat Jehosafat Schokolade mitbrachte. Beim ersten Mal hatte er dem keine Bedeutung beigemessen. Ben Basat hatte eine kleine schwarze Aktentasche, in der er sein Telefon und seine Notizbücher aufbewahrte, und vergangene Woche hatte er aus der Tasche eine Tafel »Rote Kuh« gezogen und sie sich mit Jehosafat geteilt, während sie Schach miteinander spielten. Als er heute wieder sah, wie mitten unterm Spiel eine Schokoladentafel aus der Tasche wanderte, begriff er plötzlich: Ben Basat war ein Botschafter! Er wollte etwas, steuerte etwas an, er würde Tauschgeschäfte initiieren, Schicksale besiegeln, er war eine tickende Bombe. Er hätte gleich begreifen müssen, daß Ben Basat, Schnaiders Stellvertreter, sich nicht einfach nur so mit seinen Rumänen die Zeit vertrieb. Ein Botschafter war er, der Mann, der Dinge sagte, die die Menschen dazu brachten, nicht begangene Sünden zu bereuen, Leute zu schlagen, die ihnen nichts Böses getan hatten, ihre Freunde, Eltern und Kinder zu mißhandeln. Worte waren ihre Waffe, Worte schlechthin. Die abgedroschensten, alltäglichsten Worte wie »Schalom, wie geht's?« oder »Es wird regnen, nicht?« verwandelten sich hinterher in Prügel, Messer und Revolver. Worte waren der Anfang vom Ende und konnten, einmal in die Welt gesetzt, nicht wieder getilgt werden. Und wenn sie schon geboren waren, zeugten sie weitere Worte, Legionen und Heerscharen von Worten, deren Macht zu Bösem keine Grenze kannte. Sogar wenn sie etwas Gutes bewirkten, war das reine Augenwischerei, Täuschung des Augenblicks, nur dazu da, ihre langen Fingerkrallen und die spitz zugeschliffenen Schneidezähne zu tarnen.

Er fragte sich, ob den Rumänen, mit ihrem Witterungsvermögen gefangener Tiere, Ben Basats Schokolade wohl auch aufgefallen war. Er hätte sie gerne gewarnt, doch wenn er redete, würde er selbst zu einem Botschafter werden. Er fragte sich, was Jehosafat hatte, das Ben Basat wollte, weshalb er ihn mit Schokolade bestach. Wußte Jehosafat etwas, das die anderen nicht wußten? War er dabei gewesen, als Viktor Vargas ermordet wurde? Hatte ihm jemand erzählt, wer Viktor Vargas umgebracht hatte? Oder war er etwa selbst der Mörder? Aber warum?

Als er gegen Morgen nach Hause zurückkam, stieß er mit seinem Schuh gegen Glorias Ferse und weckte sie auf. Sie erhob sich von der Matratze und folgte ihm in sein Zimmer.

»Feldwebel Ben Basat gibt Jehosafat Gordon Schokolade«, sagte er zu Gloria. »Was will er von ihm?«

»Weiß nicht«, die schwarzen Augen weiteten sich vor Schreck.

»Wen kennt Jehosafat, den Ben Basat nicht kennt?«

»Eating Witch.«

»Eating Witch ist in Brasilien.«

»Er will, Eating Witch kommen.«

»Wer?«

»Jehosafat Gordon.«

»Warum?«

»Eating Witch will Eating.«

»Wen?«

»Eating, wer Eating Viktor?«

Sie begann zu zittern, und ihre Lippen verfärbten sich bläulich.

»Ist es möglich, bitte, Gloria im Bett von Babu?«

»Ja.«

Sie deckten sich mit seiner Decke zu, und sie kuschelte sich in ihn hinein, versuchte, Wärme von seinem Körper aufzufangen. Die ganze Nacht lang machte er keine Bewegung, seine Haut stand in Flammen, und er versuchte, die Schreie abzuwürgen, die ihm im Hals steckten, und auch nachdem ihr Wecker geklingelt hatte, sie aufgestanden war und mit Soledad das Haus verlassen hatte, gelang es ihm nicht, sich zu rühren.

15

Der ghanaische Klub war diesmal noch voller als beim letzten Mal. Die Ghanaer nahmen das große Publikum, das ihren Platz aufsuchte, um ihre Lieder zu singen und ihre Tänze zu tanzen, freundlich auf. Die Stammkunden begannen von dem Moment an zu tanzen, in dem sie das Tor passiert und den Weg durch den Hof betreten hatten, und wenn sie den Saal betraten, wurden sie mit Freudengeschrei und Beifall empfangen und sofort zwischen den Freunden aufgesogen.

Die Brasilianer und die Rumänen waren von der Polizei hierher geladen worden und hatten keinen sonderlichen Grund zur Freude. Babu fragte sich, was die Polizei mit diesem Treffen erreichen wollte. Hatten die Spitzen von Recht und Ordnung, die bei der Ermittlung in eine Sackgasse geraten waren, beschlossen, die magischen Riten Jehosafat Gordons, des Ingenieurs aus Nigeria, zu Hilfe zu nehmen, des Priesters und Schamanen, der sich beim vergangenen Mal so vortrefflich bewährt hatte, als es ihm gelang, zwischen dem Geist der fressenden Hexe in Brasilien und dem Geist ihres Sohnes in Tel Aviv eine Verbindung herzustellen? Damals hatte Jehosafat die Geister lebendiger Menschen miteinander verknüpft, würde es ihm jetzt wohl glücken, durch seine Zauberkünste den Geist Viktor Vargas' heraufzubeschwören?

»Die Polizei benutzt manchmal Hokuspokus«, sagte Jakov von der Bäckerei zu ihm, als Babu seine Schulden zahlen kam. »Eine Kaffeesatzleserin hat sie zum Grab von dem Waisenmädchen geführt, das immer am Levinski-Markt schlief.«

»Hä?«

»Es war in der Zeitung! Wenn es nichts nützt, so schadet es auch nichts, das ist ihre Politik. Haben sie deine Mutter zu diesem Treffen eingeladen?«

»Nein.«

»Kannst du mir eine Eintrittskarte besorgen?«

»Nein.«

»Ich werde eine über meine Freunde bei der Polizei kriegen. Hör mal zu! Wie lange können sie diesen Rumanesti in Haft behalten? Sag doch selber, was kann die Polizei machen, wenn der Maisbreifresser nicht zugibt, daß er den Indianer ermordet hat und sie keine schlagenden Beweise haben, daß er ihn umgebracht hat, und die Betonung liegt auf ›schlagenden‹! Ich würde mich nicht wundern, wenn ihm Gloria Ginger Fish ein Alibi besorgt hätte, denn so ist das bei denen, die stecken alle von vorne bis hinten unter einer Decke, sie deckt seinen Arsch und er ihren, und wir? Hah? Putzen die Scheiße weg! Also deine Mutter geht nicht zu diesem Treffen?«

Da er schon das zweite Mal danach gefragt wurde, beschloß Babu, nicht zu antworten. Möglicherweise wußte Jakov von der Bäckerei etwas, das er nicht wußte.

Bereits vor einer Woche hatte Ben Basat die Einladungen in Babus Bar verteilt und den Rumänen gesagt, es bestehe Anwesenheitspflicht bei der Veranstaltung.

»Nimm Glorias Einladung«, hatte Ben Basat zu Babu gesagt.

»Übrigens haben wir sie wieder vorgeladen.«

»Warum?«

»Wegen des Mordes an Vargas natürlich.«

»Ist sie immer noch verdächtig?«

»Ein klassisches Dreieck haben wir hier auf alle Fälle.«

Babu fragte sich, wo Ben Basat sie gefunden hatte. War er zu seinem Haus gekommen, um sie zum Verhör vorzuladen? Hatte er bei der Kinderkrippe auf sie gewartet? Oder sollte er sie vielleicht etwa in einer der Gassen hinter der Hauptpost angetroffen haben?

Da sie wieder in den Vernehmungskreis eingetreten war, beschloß er, trotz allem mit ihr zu der Zeremonie im Klub zu gehen. Beim letzten Mal war sie in Trance geraten, und bestimmt schrieb sie Jehosafat überirdische Kräfte zu. Besser, er wäre vor Ort, wenn Jehosafat seine Manipulationen mit ihr anstellte. Gloria hatte Babu erzählt, daß Corneliu den Mord an Viktor Vargas nicht gestanden hatte, und die Polizei, die von der vorhergegangenen Zeremonie im ghanaischen Klub gehört hatte, beschloß, die Wahrheit mittels Jehosafat Gordon aus ihm herauszuholen. Was sie Jehosafat außer Schokolade versprochen hatten, wußte sie nicht.

Bevor sie zum Klub aufbrachen, bat sie Babu um Erlaubnis, ihm die Fingernägel schneiden zu dürfen, und danach schnitt sie auch ihre und Soledads ab und verbrannte sie alle. Sie steckte einen getrockneten Hühnerknochen in ihre Hosentasche, knüpfte einen roten Faden um ihren und Soledads Fuß und erschrak, als Babu es ablehnte, sich ebenso zu schmücken. Sie flehte ihn an, es könne ihm doch egal sein, jeder nach seinem Glauben, in Ordnung, aber sie, sie glaube nun einmal daran, also für sie, um ihretwillen, und da streckte er wie ein Idiot den Fuß aus, und sie band den roten Faden auch um seinen Knöchel. Dabei wußte er, daß diese ganzen Tricks, mit denen sie sich zu schützen versuchte, ihren Sturzflug in die feuchten Keller der Dämonen und bösen Geister nur beschleunigen würden, daß sie verloren war, noch bevor sie das Haus verlassen hatte, daß sie schon jetzt, im Moment, zwischen den eisernen Klauen der Hexen und Hexer in der Falle saß und daß weder ein getrockneter Hühnerknochen noch ein roter Faden sie vor den Kräften der bösen Geister würde schützen können, an deren Existenz sie glaubte.

Er wollte sie bitten, nicht in den ghanaischen Klub zu gehen. Es war lange her, daß er etwas gewollt hatte, daß er jemanden um etwas bitten wollte. Und nun wußte er nicht mehr, wie man das machte, obwohl die Worte, die er gerne gesagt hätte, ganz einfach waren: Setzen wir uns auf den Balkon, wollte er zu ihr sagen, schauen wir zu, wie die Wasserflecken über die Hauswand treiben, schauen wir uns den öligen Jarkon an, wie er zum Meer strömt, den Wind, der die Krone des toten Eukalyptusbaums schaukelt, ich koche uns einen guten Kaffee, und wir spielen mit Soledad, und wenn wir sie dann schlafen gelegt haben und Soledads Mutter sich schlafen gelegt hat, werde ich hier draußen sitzen und wachen.

Aber die Worte kamen nicht aus seinem Mund. Zu lange Zeit war er vor den Worten geflohen, als daß er sie einfach so, mit einem Fingerschnippen, hätte mobilisieren können, nur weil es ihm in diesem Augenblick so vorkam, als bräuchte er sie plötzlich. Sie waren seine Legionen, die Worte, die er nicht sagte, seine Leibwächter waren sie, die Waffe, mit deren Hilfe er um sein Recht auf ein Leben der Einsamkeit und Stille kämpfte. Seine ungesagten Worte waren das Versprechen für ein Leben, in dem es Autonomie gab. Zu viele Jahre und zu viel Energie hatte er in die angespannte Erwartung der unendlichen weißen Stille investiert, als daß er sich plötzlich mit Eukalyptusbäumen und Kaffee auf dem Balkon hätte amüsieren können. Worte, die ausgesprochen wurden, machten den Sprecher zu einem Botschafter, so lautete sein Mantra, oder nicht? Er beharrte doch seit langem darauf, daß Worte die Macht waren, die Kraft aktivierten, um mit der Kraft zu ringen, die Macht aktivierte. Wollte er das wirklich? Sich durch zwei, drei allgemeine Sätze das zurückbringen, was ihm mit soviel Geduld und Ausdauer zu verlieren gelungen war?

Nein, er würde nicht sprechen. Er würde mit ihr in den ghanaischen Klub gehen.

Als sie den Klub betraten, sahen sie, daß auf dem hohen Barstuhl in der Mitte des Raumes gerade Corneliu Goldzahn saß. George stand auf seinen krummen Beinen neben ihm, sein Kopf reichte ungefähr bis zu Cornelius Hüften. Er trug ein weißes Hemd mit Krawatte und einen besorgten Ausdruck im Gesicht, wie es sich für einen Stammesältesten gebührt, der um einen seiner Söhne fürchtet. Corneliu zwinkerte George zu und lachte Gloria und seine Freunde an, der Goldzahn blinkte auf und verschwand wie ein Leuchtturm inmitten von Tanz und Gesang. Der Pfirsichton seiner Gesichtshaut hatte sich in ein bläßliches, fiebriges Rosa verwandelt, der Baustellenstaub war im Untersuchungsgefängnis von ihm abgefallen, was ihm die Verletzlichkeit eines Kindes verlieh, als wäre die Muskelkraft des Schwarzarbeiters zerronnen und die Magerkeit und Schwäche des Flüchtlings zutage getreten.

Die zwei dicken Ghanaerinnen in den geblümten Kleidern – vielleicht war das ihre rituelle Kleidung – tanzten um Corneliu herum, wie damals um Gloria, klatschten in die Hände und stampften mit den Füßen, während die Gemeinde sie mit Gesang und Halleluja begleitete.

Corneliu fieberte vor nervöser Fröhlichkeit, die er nicht zu unterdrücken vermochte. Hier war er, draußen, und sei es nur für einen Abend, da waren seine Freunde, da war Gloria, da gab es Gesang und Tanz, wo ist das Bier, Freunde, wo ist das Bier? Er klatschte in die Hände und jaulte ein ungezügeltes Simoisi nach jedem »Halleluja!« Und er lachte. Auch wenn sie ihn umbrächten, würde er nicht zu lachen aufhören können, dachte Babu. Er wußte das, er wußte, daß diese Narretei die Leute gegen ihn aufbrachte, daß sie sein Schicksal besiegelte, daß Mordverdächtige nicht derart fröhlich zu sein hatten, und trotzdem konnte er das Lachen und das Simoisi, das er zur Decke hinauf johlte, eine Hand an der Schläfe, die Augen einen Moment geschlossen, nicht bremsen, er hatte seinen eigenen Sumsum, Corneliu.

Ein Mann geht Fische angeln an der Grenze von Jafo-Tel Aviv, die frühabendliche Sonne taucht ihn in rötliches Licht, das von den Augen einer orangefarben gekleideten Indianerin aufgefangen wird, und am Ende landet er als Mordverdächtiger im Gefängnis. Sogar wenn wir reglos wie eine verpuppte Käferlarve auf einem Stein liegen, stellt uns das keinen Schutzbrief gegen die Zufälligkeit des Bösen und des Leids aus, dachte Babu. Dieser Scheinwerfer, der durch die Welt streift und seine gelangweilte Runde übers Antlitz des Universums macht, wird uns früher oder später in seinem Lichtkegel erfassen, und wir werden geblendet zappeln, doch es wird uns kein Wunder vor dem Schicksal erretten, das uns der große Fischer bestimmt hat. Vielleicht lachte Corneliu deshalb die ganze Zeit, je fester sich das Netz des großen Fischers um ihn zusammenzog, desto mehr kitzelte es ihn. Der einzige Weg aus dieser Falle heraus war, sich in Bewegung zu setzen. Weggehen, sich entfernen. Sich immer weiter entfernen. Gehen und nicht aufhören zu gehen. Aus dem Lichtkreis des Scheinwerfers hinaustreten und an einen Ort gelangen, an dem das Licht derart weiß und intensiv war, daß es die Augen erblinden ließ, und die Stille so abgrundtief und absolut, daß sie die Ohren betäubte. Und nur wegen und innerhalb der Blindheit war es möglich, Bilder zu erschaffen, die man sehen wollte, und nur wegen und in der Taubheit konnte man die Klänge hören, die man hören wollte. Es existierte, hatte immer existiert, man mußte bloß anfangen zu gehen.

Die brasilianische Garnison stand an der einen Wand, gegenüber die rumänische Division, und die beiden Armeen trennten Schnaiders Streitkräfte: Ben Basat war da, Polizisten mit Uniform und ohne, die durch die Ausbeulung unter ihren Hemden entlarvt wurden. Die Polizisten waren die einzigen im Raum, die die Zeremonie nicht kannten. Jedesmal, wenn der Schrei »Halleluja!« die Luft zerriß, zuckten sie nervös, ließen die Hände über ihre Revolver gleiten, tauschten Blicke aus. Offenbar hatten sie den Befehl erhalten, sich nicht einzumischen.

Gloria stand mit Soledad auf dem Arm neben Babu, und ihr Blick war sehnsüchtig auf Corneliu geheftet, während ihr Mund sich um ein Lächeln bemühte. Die Frauen überschütteten Soledad mit breitem Lächeln, schmatzten gurrend und kitzelnd in einer Sprache mit den Lippen, die dem Kind verständlich war und Vergnügen bereitete.

Jehosafat Gordon, der Botschafter-Ingenieur, stand, wieder in seiner priesterähnlichen Kleidung, auf einem Stuhl, und neben ihm auf dem Boden lag sein Handwerkszeug – Besen und Eimer. Seine Stimme war kraftvoll, und sein Englisch hatte diesmal die Feierlichkeit falscher Prediger an sich, vielleicht wegen der anwesenden Polizei.

»Beim vorigen Male, da wir uns hier versammelt haben, teure Freunde und Freundinnen, weilte auch unser Bruder Viktor Vargas unter uns.«

»Viktor Vargas!« schrien die Gottesdienerinnen, die Corneliu umtanzten.

»Viktor Vargas!« wiederholte die Gemeinde mit dreifachem Schrei.

»Viktor Vargas!« rief Jehosafat mit mächtiger Stimme. »Wir laden dich ein, zu uns zu kommen, hier und jetzt!«

»Hier und jetzt!« schrie die Gemeinde.

»Viktor Vargas! Deine Brüder und Schwestern harren deiner, hier und jetzt!«

»Hier und jetzt!« brüllte die Gemeinde.

»Im Namen des großen Kreises, kehre zurück zu uns, Viktor Vargas, hier und jetzt!«

»Hier und jetzt!«

»Im Namen des großen Rades, kehre zurück zu uns, Viktor Vargas, hier und jetzt!«

»Hier und jetzt!«

»Im Namen der neuen Umdrehung, kehre zurück zu uns, Viktor Vargas, hier und jetzt!«

»Hier und jetzt!«

»Im Namen des Regens und der Sonne, kehre zurück zu uns, Viktor Vargas!«

»Im Namen des Brotes und des Weines und der Mutter und des Kindes, kehre zurück zu uns, Viktor Vargas!«

»Im Namen der Wahrheit und der Gerechtigkeit und des Erbarmens, kehre zurück zu uns, Viktor Vargas!«

»Halleluja!« schrie einer der Brasilianer.

»Halleluja!« schrien die Gottesdienerinnen und wanden sich mit geschlossenen Augen immer schneller um Corneliu herum.

»Halleluja!« schrie die Gemeinde. »Halleluja!«

Ein großer, starker Ghanaer fiel plötzlich zu Boden.

Jehosafat stieg von dem Stuhl hinunter, hob, die Hände zur Decke und rief: »O Kreis, o Rad, o Umdrehung! Ist das unser Bruder Viktor Vargas, ist er das?«

»Viktor Vargas!« schrie die gesamte Gemeinde dreimal. Jehosafat schüttete aus dem kleinen Eimer Wasser über den Ghanaer und danach auch über Cornelius Kopf, der weiß wie ein Laken wurde. Seine blauen Augen waren weit aufgerissen, Schweiß strömte ihm über sein Gesicht.

Jehosafat hob den Ghanaer vom Boden auf und legte ihm

den Besen in die Hand, hielt ihn am Ellbogen fest und begann, ihn in dem überfüllten Raum herumzuführen.

Er berührte mit den dürren Reisigborsten des Besens einen der Rumänen und fragte: »Ist dies dein Mörder, Viktor Vargas?«

»Nein«, flüsterte der Ghanaer.

»Halleluja!« rief die Gemeinde.

Der Besen berührte einen der Brasilianer. »Ist dies dein Mörder, Viktor Vargas?«

»Nein«, flüsterte der Ghanaer.

»Halleluja!«

Er ging von Mann zu Mann, von Frau zu Frau, und Babu betete in seinem Innersten, er möge nicht zu ihm kommen, er möge ihn nicht anschauen, nicht berühren, niemand sollte ihn anschauen, niemand sollte ihn berühren. Er fürchtete sich nicht vor dem ghanaischen Medium, auch nicht vor Jehosafat und seinem ganzen Feuerwerk der Zauberei, aber vor sich, vor sich selbst. Sich selbst fürchtete er entsetzlich, den Mann, der er einmal gewesen war, und den Mann, der er noch immer war. Vor der Hand, die das japanische Messer hielt, hatte er Angst; die Füße, die einem kleinen Jungen nachstellten, ängstigten ihn; vor seinem Schuh, der einen Petroleumkocher niedertrampelte und die alte Frau in Flammen aufgehen ließ, fürchtete er sich; vor dem Blut des Mannes, der ihn gezeugt, und der Frau, die ihn geboren hatte, fürchtete er sich, vor dem Jingalelebele, das zum Kosaken wurde. Noch war Kraft zu Bösem in ihm, doch, sie war noch da, die Hände und die Füße waren immer noch die gleichen, und sie hatten ihr eigenes Gedächtnis, seine Hände und Füße. Wie lange würde sich der Weg, den er gehen mußte, noch hinziehen? Würde er jemals diese Gipfel erreichen, nach denen seine Seele dürstete, dieses Land, in dem der ewige Schnee zu Hause sein würde?

Wie erbärmlich und lächerlich der Ersatz war, den er für seine Träume gefunden hatte, der dürftige Hügel an der Grenze von Jafo zu Tel Aviv mit der Bar, die er für die Fremdarbeiter aufgemacht hatte. Eine wichtige Aufgabe hatte er den Rumänen zugedacht, er, der ein guter Mensch sein wollte: ihn von der Welt abzuschirmen. Als seien sie ein Bretterzaun und keine atmenden menschlichen Wesen. Er hatte sie in das sagenhafte Nichts verwandelt, sie waren die entmilitarisierte Grenzzone zwischen dem Kontinent der Leiden und dem Königreich der gelben Mönche, zwischen Lärm, Übel und Unrat auf der einen und der Stille und Reinheit auf der anderen Seite. Sie hatten ihren Teil des Abkommens erfüllt: Er sah sie nicht, er hörte sie nicht, sie existierten nicht. Sie waren ihm dankbar für diesen Ort unter dem Himmel, und ihm zuliebe, aus Dankbarkeit, waren sie bereit, nichtexistent zu sein, sich in Nichts aufzulösen, damit sein Geigerzähler, der Geigerzähler des Leids, ruhen konnte, als gäbe es auf der Welt keine Muskeljäger und Sklaventreiber, Polizisten und Zöllner, als seien die Pappkartons, auf denen sie schliefen, weiche Matratzen und die unterirdische Passage das traute Heim, dem sie nach einem Arbeitstag auf den Gerüsten zustrebten, und als sei dieser Mensch, der sie in seiner Bar aufnahm und weder ihre Namen noch ihre Beschäftigungen wissen wollte, noch ob sie Filipinos oder Thais, Usbeken oder Rumänen waren, als sei er der beste Freund überhaupt, den sie sich auf all den möglichen guten Welten hatten aussuchen können. Er hatte sie dressiert, Staub und Luft zu sein, sich in seiner Gegenwart unsichtbar zu machen, als sei sein Wille der ihre und seine Träume die ihren. Inwiefern war er besser als diese Polizisten, die die armen Dummköpfe dazu gezwungen hatten hierherzukommen, damit sie ihnen dabei halfen, ihrem Freund, der vor lauter Angst gar nicht mehr zu lachen aufhörte, die Schlinge um den Hals zu legen? Sie hatten ihm als Werkzeug gedient, genau so wie sie jetzt ein Werkzeug in den Händen der Polizisten waren.

Der Besen des Ghanaers berührte Babu, und Jehosafat fragte: »Ist dies dein Mörder, Viktor Vargas?«

»Ja!« schrie Babu.

»Nein«, flüsterte der Ghanaer.

»Ja! Ja! Ja!« brüllte Babu so laut er konnte. »Ich! Ich! Ich bin es! Ich bin es!«

Er umarmte die Beine des Ghanaers und weinte, während die dicken Ghanaerinnen riefen: »Halleluja! Halleluja!«

Jehosafat löste die Knie aus Babus Umklammerung, stellte den Ghanaer auf die Füße und führte ihn Schritt für Schritt in Richtung des hohen Stuhles, auf dem vorher Corneliu gesessen hatte. Komm, Junge, komm, Junge, eins, zwei, eins, zwei, komm, Junge, komm, so ist es schön, Junge, hier, da sind wir, Junge, und als sie den Stuhl beinahe erreicht hatten, ertönte hinter ihnen ein gewaltiger Schrei. Glorias Männerstimme, die Stimme des Dämons, die damals aus ihrer Kehle gebrochen war, als sie die Fressende Hexe heraufbeschworen hatten, schmähte und beschimpfte die ganze Familie Vargas, ihre Vorväter und Kindeskinder bis ins letzte Glied aller Generationen. Ein Polizist, der neben Schnaider stand, übersetzte Glorias Gebrüll ins Hebräische, fürs Protokoll.

Gloria schnappte sich den Besen aus den Händen des Ghanaers und schlug auf ihn ein, während sie den strohfressenden, zeckenverseuchten Maulesel, Viktor Solano Lima Vargas verfluchte, der ein Held gegenüber Schwachen war und sie mit dem Küchenmesser vor den Augen ihrer Tochter Soledad aufgeschlitzt hatte. Sie schrie, sie hoffe, seine Kastrateneier würden für das, was er ihr angetan hatte, bis ans Ende aller Zeiten in den Flammen der Hölle schmoren. Sie riß sich das Hemd vom Leib und zeigte allen Anwesenden ihre Brust und ihren Bauch, die mit Schnittwunden übersät waren, Streifen um Streifen, manche vernarbt und manche noch blutig. Rufe des Abscheus und Jammergeheul wurden im Raum laut, und zu den Entsetzensäußerungen, die die Gemeinde von sich gab, schlug Gloria dem Ghanaer den Besen einmal und noch einmal in den Rücken und schrie: »Ich, Gloria Prudenta Maria Vargas, töte dich, Viktor Vargas! Mit dem Messer, mit dem du mich töten wolltest, töte ich dich! Du wirst nie wieder die Hand gegen mich erheben! Niemand wird mehr die Hand gegen Gloria Prudenta Maria Vargas erheben!«

»O Sumsum!« schrien die Brasilianer.

»O Sumsum!« heulten die Klageweiber.

»O Sumsum!« brüllte die ganze Gemeinde.

Soledad begann zu wimmern, und Babu, aufgewühlt und durcheinander von den Schreien und Schlägen, dem Geheul und den Flüchen, ging zu ihr und hob sie vom Boden auf.

Jehosafat nahm Gloria den Besen aus den Händen und überreichte ihn einer seiner Priesterinnen.

Danach schüttete er Wasser über das ghanaische Medium und über Gloria.

»Niemand wird mehr die Hand gegen Gloria Prudenta Maria Vargas erheben«, verkündete Jehosafat Gordon der ganzen Gemeinde, beide Hände zur Decke erhoben.

»Niemand wird mehr die Hand gegen Gloria Prudenta Maria Vargas erheben«, sprach die Gemeinde ihm nach.

»Es gibt keinen Sumsum!« sagte Jehosafat.

»Keinen Sumsum!« wiederholte das Publikum.

»Halleluja!« rief Jehosafat donnernd.

»Halleluja!« rief die ganze Gemeinde.

Jehosafat umarmte Gloria, verbarg mit seinem Körper

ihre Wunden und streichelte mit seinen großen Händen ihr Haar. Das Kaffeeschwarz seiner Haut verdeckte den kleinen Kopf fast vollständig. Sie beruhigte sich in seinen Armen, bis schließlich ihre Frauenstimme zu ihr zurückkehrte und sie zu weinen begann.

16

»Ein herzzerreißendes Schauspiel«, schrieben die Zeitungen über den Abschied zwischen Gloria und Corneliu, und die Bildunterschrift lautete: »Die Brasilianerin, die ihren Ehemann ermordet hat, nimmt Abschied von ihrem rumänischen Liebhaber.«

Der Richter stellte fest, daß keine Beweise vorlagen, daß der rumänische Liebhaber von Glorias Absicht, ihren Ehemann zu ermorden, gewußt hatte, und daher begnügte er sich mit einem Landesverweis. Corneliu fragte seine Ehren, ob er ihn in seiner Güte nach Australien ausweisen könne, und der Richter erwiderte, wenn Corneliu in Rumänien ein australisches Visum erhalten hätte, gäbe es keinen Hinderungsgrund von seiner Seite aus. Auf Cornelius Frage hin, ob es möglich sei, die Ausweisung um zwei, drei Tage zu verschieben, damit er seinen Lohn erhalten und sich von Gloria und den Freunden verabschieden könne, erwiderte der Richter, er bedaure. Auf die Frage, ob es einen Weg gebe, den Boß zur Auszahlung dessen, was ihm zustand, zu zwingen, erwiderte der Richter, die Geduld des Gerichts sei hiermit erschöpft.

Den Lohn erhielten sie immer am fünften des Monats. Nach der Auszahlung gingen sie manchmal am Markt vorbei und kauften Cabanossi und eine Flasche Rumänenschnaps, Marke Zuika, woran sich auch die Filipinos und Thais schon gewöhnt hatten – so eine Art Erntedankfest mitten am Werktag. Und manchmal nahmen sie statt der Cabanossi Bratwürstchen mit, grillten sie draußen und stopften die angekohlten, fetttriefenden Würstchen in die Pitabrote, die der Bäckerjunge brachte, und danach, randvoll vom Essen und Trinken, kühlten sie sich mit Bier ab, gingen zwischen den Reifen zum Pinkeln und kehrten wieder zum Bier zurück, um den Gestank hinunterzuspülen, den sie von dort mitbrachten, legten sich ins Gras auf dem Hügel überm Meer und schliefen unter dem hellen Himmel ein, betäubt vom Essen und Trinken und der Freude darüber, daß ihr Schweiß bezahlt worden war, trotz der Einschüchterungen. Sie hatten ihren Monatsschnitt geschafft, und morgen würden sie das Geld nach Hause schicken, und vielleicht auch Turnschuhe für das Kind oder einen Pullover für die Frau.

Diesmal kamen sie ohne Würstchen und ohne Zuika, schleppten an ihren zerschlagenen Knochen, als seien sie ihr eigener Rucksack, und setzten sich in die Bar hinein, George gegenüber, der auf einem Blatt Papier notierte, wieviel jeder von ihnen zahlen mußte, damit Corneliu mit dem Geld, das ihm zustand, nach Rumänien zurückkehren konnte. Der Muskeljäger hatte mitteilen lassen, er würde Corneliu keinen Lohn für den letzten Monat geben. Er bezahle dem Vermittler einen Arbeiter für Minimum ein Jahr, doch es waren nur zehn Monate vergangen, seit Corneliu nach Israel gekommen war, und zwei Wochen davon habe er wegen der Verhaftung und den polizeilichen Untersuchungen bei der Arbeit gefehlt, und wer würde ihm die fünfhundert Dollar wiedergeben, die er in Corneliu investiert hatte? Das Gericht? Sollte er Geld verlieren, weil sich sein rumänischer Arbeiter mit einer Mörderin aus Brasilien eingelassen hatte? Corneliu sollte sich bedanken, daß er ihm seinen Paß zurückgab.

Jeder drehte seine Taschen um, und sie brachten eintausendzweihundert Schekel zusammen. George, dessen Hände mit der dicken, hartgegerbten Haut von Babus Platz aus hinter der Theke wie alte Hühnerfüße aussahen, notierte auf dem Blatt, wieviel jeder einzelne gegeben hatte. Es fehlten ihnen noch dreihundert Schekel. Einer, ausgerechnet der aus Ghaza, fragte, ob es denn in Rumänien möglich sei, Schekel in Dollar umzuwechseln, und einer der beiden Ions sagte, daß man sich in Rumänien mit Schekeln den Arsch abwischen könne, genau das könnten sie mit den Schekeln in Rumänien machen.

Sein Geigerzähler begann nervös zu ticken, lange bevor George und Jehosafat zu ihm kamen. Ja, sagte er, er könne ihnen die Schekel in Dollar umtauschen, und ja, er könne die Dollar am Morgen zum Flughafen bringen, und ja, er würde auch die dreihundert drauflegen, die aufzutreiben ihnen nicht gelungen war, und sie könnten sie ihm bei Gelegenheit zurückgeben, ja. Schon längst war er in ihren Augen zu einem Botschafter geworden, auch wenn sie keine Ahnung hatten, daß es überhaupt Botschafter auf der Welt gab. Ja, er war der Mann, bei dem die Fäden zusammenliefen, die Kreuzung, wo die Wege zu Gloria, und alles, was mit ihr zusammenhing, ihren Ausgang nahmen und zu der sie auch wieder zurückführen würden, jetzt und in einem, in zwei und in drei Jahren, so lange, bis die fünfzehn Jahre, zu denen sie verurteilt worden war, ihr Ende gefunden hätten, sie aus dem Neve-Tirza-Gefängnis herauskommen und von ihm ihre Tochter entgegennehmen würde, die sie bei ihm ließ. Er war bereits damals zum Botschafter geworden, als er zu den Reifen hinausging, Gloria fand und sie nach ihrem »Keine Polizei« zu sich nahm. Er hätte wissen müssen, daß diese Verantwortung, die er übernahm, den Abschied von der weißen Stille und den gelben Mönchen bedeutete. Auch als sie zu fünfzehn Jahren verurteilt worden war und er an George mit der Bitte herantrat, abends die Bar zu betreiben wegen des Kindes, das bei ihm zurückgeblieben war, da hätte er wissen können, daß es keinen Weg zurück nach Tibet gab, wenn er auf seine Isolation verzichtete.

Anfangs hatte er die Bar schließen wollen, aber danach hatte er daran gedacht, daß die armen Dummköpfe am Abend, nach der Arbeit, nirgends mehr würden hingehen können. Er würde sie dessen berauben, was an diesem heimatlosen Ort für sie einem Zuhause am nächsten kam, und George respektierten sie, sie würden ihm weder auf der Nase herumtanzen noch ihn betrügen, da war er sich sicher.

Die Tage begannen länger zu werden, und bald würde Soledad später zu Bett gehen, und er würde eine Lösung für die Stunden zwischen der Kinderkrippe und dem Schlafengehen finden müssen. Vielleicht würde er endlich die Reifen aus dem Hinterhof der Bar wegschaffen, das Areal säubern und dort eine Schaukel, eine Rutsche und einen Sandkasten installieren, und vielleicht würde er ein paar Geranien pflanzen und »Blume« und »rot« sagen, und sie würde es ihm in ihrer Babysprache nachsprechen. In letzter Zeit versuchte sie immer wieder die Laute, die sie hörte, zu wiederholen, stieß b-b-b und ai-ai-ai je nach Wort- oder Satzmelodie aus.

Wenn er in die Bar käme, würde er einen Laster bestellen und diese Schrottreifen, die niemand brauchte, aufladen und zur Müllkippe transportieren lassen. Das hätte er schon längst tun sollen.

Um vier Uhr nachmittags holte er Soledad immer aus der Krippe ab und spazierte mit ihr im Kinderwagen bis zur Bar, und nachdem er sie ins Gras gebettet hatte, gegenüber der Eingangstüre, an eine Stelle, wo er sie sehen konnte, schaltete er den Samowar ein, wischte die Tische und die Theke ab, erhielt Ware und bestellte neue. Danach, wenn George kam, spazierte er mit ihr bis zu seinem Haus am Ufer des Jarkon, badete sie, gab ihr die Flasche und ging dann mit ihr ans Wasser. Soledad liebte es, das Wasser anzuschauen. Er saß immer auf der Erde, an den Stamm des alten Eukalyptus gelehnt, das Kind an seine Brust gebettet, leicht wie ein Küken, und er wiegte seinen Körper langsam hin und her und summte dabei leise, Soledad-dad-dad-dad, dadi-dadi-dadi, lauschte ihrem Einschlafen und horchte auch in seinen Körper hinein, der nach all den langen Jahren, in denen er sich so davor gehütet hatte, daß ihn jemand berührte, nicht einmal eine Katze oder ein Hund, nun einen anderen Körper berührte. Als er noch im Krankenhaus lag, waren nach jeder Behandlung, die mit Berührungen verbunden war, Flecken auf seinem Körper aufgetreten, die ihn in der Nacht vor Schmerz schreien ließen, und auf der Karte an seinem Bett stand mit dickem Filzstift in Großbuchstaben: Falls möglich, Patient nicht berühren!

Die Lichter des großen Umsteigebusbahnhofs am Stadtrand flimmerten auf dem schwarzen Wasser, und manchmal spaltete das Scheinwerferlicht eines Autos, das auf einer entfernten Straße vorüberfuhr, die Dunkelheit. Ihr Atem ging leicht röchelnd, und er wußte nicht, ob die kleinen Lungen zuviel oder zuwenig Luft einsogen, vielleicht war die Luft hier ja auch zu feucht oder zu dampfig, oder ob alle Babys so atmeten. Er wagte nicht, mit ihr zur Säuglingsberatung oder zum Arzt zu gehen, jemand könnte beschließen nachzuprüfen, wer dieses Kind und wer der Mann war, der es pflegte. Seine Akte in der Rehabilitationsabteilung des Sicherheitsministeriums war nicht gerade die beste Empfehlung, die ein Mensch als Kinderpfleger erhalten konnte, und es genügte eine Nachfrage, damit man für Soledad eine verantwortungsvolle, erfahrene Pflegefamilie fände statt dieses amtlich bescheinigten Hirnies. Seine Lippen streiften über den weichen, schwarzen Flaum auf ihrem Kopf, und sein Körper absorbierte das Pulsieren, das Erschlaffen und die Zuckungen des Beinahe-Schlafs. Er spürte, wie sich ihr Gewicht veränderte, wie der Körper unter der Wolldecke dampfte, wußte ohne hinzusehen, daß ihre Augen schon fast geschlossen waren. Er lernte, so sitzenzubleiben, auch nachdem sie eingeschlafen war, sich weiter sanft zu wiegen und leise dadi-dadi-dadi zu summen, die Töne und Bewegungen in ihren Schlaf hinüber zu strecken, ihren Schlummer einzusaugen und sich in ihn hineinziehen zu lassen. Die ersten Male, als er hierherkam, war er aufgestanden, nachdem sie eingeschlafen war, und sie wachte erschreckt auf und fing zu weinen an, worauf er die ganze Prozedur von neuem begonnen hatte.

»Wichtig für Soledad die Tagordnung«, hatte Gloria zu ihm gesagt und eine Liste von Dingen zusammengestellt, um die er sich kümmern mußte: Essen, Kleidung, Baden, Medikamente und selbstverständlich eine feststehende Ordnung. Glorias feststehende Ordnung bestand darin, bei jedem seiner Besuche zu weinen. Das Geschluchze erstreckte sich von Anfang bis Ende des Besuchs, die Tränen strömten ihr aus den Augen und übers Gesicht, durchnäßten ihre Haare und Bluse. Beim ersten Mal, als er mit Soledad kam, weinte sie so heftig, daß sie fiel und mit dem Kopf auf dem Boden aufschlug.

Vor lauter Tränen sieht sie Soledad gar nicht, dachte er, denn wenn sie sie sehen würde, würde sie nicht derartig heulen. Er sollte vielleicht nicht jede Woche kommen, dachte er weiter, es ist nicht gesagt, daß dieses ganze Weinen dem Kind guttut. Gloria beweinte ihr bitteres Schicksal mehr als die Opfer ihrer Tat: Viktor, der mit vier Stichen unter der Erde lag, Corneliu, der aus Israel ausgewiesen worden war, ihre Tochter, die ihr erstes Lebensjahr ohne die Mutter verbracht hatte und jetzt wieder mutterlos war. Und nun, welche Ironie des Schicksals, war er, ausgerechnet er, von all den Menschen auf der Welt, das stabilste Element in ihrem Leben.

»Wenn Soledad nicht kommen in Israel, Corneliu jetzt hier, mit Gloria«, weinte sie. »Wenn Gloria draußen aus Gefängnis, ist alt, auch nicht schön. Corneliu sagt, wartet auf Gloria, aber Corneliu wartet nicht auf Gloria.«

Das kleine Mädchen, das im Kopf seiner Mutter zu dem Faktor geworden war, der ihren Ehemann getötet, ihren Geliebten vertrieben und sie selbst ins Gefängnis gebracht hatte, erbarmte ihn. Wenn sie vom Gefängnis zurückkehrten, war Soledad immer unruhig, ihr Schlaf war gestört, und sie weinte wegen allem und jedem. Auch die Pflegerinnen in der Kinderkrippe sagten, man sähe es ihr an, wann sie auf »Besuch« gefahren wäre, sie bräuchte zwei Tage, um sich wieder zu beruhigen.

Er hatte mit diesem Ritual unter dem Eukalyptusbaum nach dem zweiten Besuch bei Gloria begonnen, und jetzt war es in die »Tagesordnung« des Kindes eingegangen. Sie plapperte immer »Wassawassa« vor sich hin, wenn sie in Richtung Jarkon gingen, und er schritt langsam am Ufer entlang, bis sie sich beruhigt hatte und ihr Atem an seiner Brust stetig wurde. Erst dann ließ er sich auf der Erde nieder und begann mit dem Wiegen und Summen, ummantelte sie mit einer weiteren Panzerschicht, die sie in ihrem zukünftigen Leben begleiten würde, nämlich die Erinnerung an die Umarmung von jemandem, der sie behütet hatte, über ihren Körper und Atem wachte, ihr gute Träume bescherte, die dem Gefühl der Sicherheit entsprangen, das er ihr vermittelte und das sie auch noch begleiten würde, nachdem sie ihn und sein Summen vergessen haben würde, die Erinnerung an einen süßen Schlummer in einer großen, behüteten Umarmung.

Er wußte nicht, was sie im Leben erwartete, ob sie wachsen und gedeihen und ein hübsches freches Luder aus ihr werden würde oder wegen ihrer Fremdheit ein vorsichtiges und schüchternes Mädchen, ob sie acht Kinder hätte, die sie alle nacheinander unter dem Baum am Fluß wiegen würde, oder ob ihr ein schöner Mulatte den Hals durchschnitte, wenn sie zum ersten Mal mit sechzehn zum Tanzen ausginge. Einstweilen jedoch, einstweilen gab er ihr diesen süßen Schlummer mit vollem Bauch in einer warmen Decke, und das war sein Segen auf den Weg dieses kleinen Mädchens, das wie eine Katze im Hinterhof der Welt verlassen worden war. Er wußte nicht, ob er etwas aus seinen Tagen als Säugling wiederholte oder ob er etwas Neues erfand, er wußte nur, daß er dieses frühabendliche Ritual nicht weniger brauchte als sie und es länger ausdehnte, als für sie nötig gewesen wäre. Er lernte, an der hautnahen Körperberührung Gefallen zu finden und daraus ein Gefühl von Aufmerksamkeit, stiller und tiefer Beobachtung von Körper und Seele zu ziehen, die einer großen Süße entgegensehen. Ihm schien, daß aus weiter Ferne, jenseits von allen Kontinenten und Meeren, der gedämpfte, tiefe Klang der langen Hörner zu ihm drang, der Hörner, die sich nicht an ihn richteten, weder Wollen noch Erinnerung kannten, die das Eigenleben der leisen, zwischen den hohen Schneebergen umhertreibenden Blastöne führten, und wenn er sich nicht rührte, wenn er so sitzenbliebe, in lauschende Süße gehüllt, würde er sie wieder hören, und vielleicht, vielleicht würde sogar Soledad sie hören.

17

Als sie diesmal zu Besuch kamen, war Gloria energisch und hörte nicht mehr auf, in ihrer Sprache zu plappern, die ein Gewirr von Portugiesisch, Englisch und Hebräisch war, einschließlich jallah und balagan, Wörter, die sie anscheinend von den übrigen Gefangenen aufgeschnappt hatte. Er spürte die Worte über ihn hereinbrechen wie ein reißender Strom, der eine Bresche im Damm gefunden hat, und ihn unter sich begraben. Wo war die Frau, die bei ihm auf der Matratze geschwiegen hatte, dachte er, wer ist Gloria? Die vernarbende Wunde, die mit stummen Augen und schweigendem Mund auf dem Fußboden ausgestreckt lag, oder diese Frau hier, die ihren Mund nicht mehr zubekam? Vielleicht auch beide zusammen, die Verwundete und die Verwundende, die Mutter, die Leben schenkte, und die Mörderin, die Leben nahm, vielleicht war gerade die Mischung der beiden die wahre Gloria? Zeigte sich nicht gerade an ihm selbst eine solche Ambivalenz, in der sich Verwundeter und Verwundender spiegelten, Mönch und Botschafter, Sohn, der kein Sohn, und Vater, der kein Vater war?

Glorias Worten entnahm er, daß sie beschlossen hatte, Soledad zu ihrer Familie nach Brasilien zu schicken. Sie hatte mit der Sozialarbeiterin gesprochen, die zu ihr gesagt hatte, das sei eine kluge Entscheidung. Sie könne ihre Tochter nicht einfach so bei irgendeinem fremden Mann lassen. Die Sozialarbeiterin hatte sie gefragt, ob sie das Kind ins Gefängnis bringen wolle, es gebe Präzedenzfälle, und die Erfahrung sei nicht schlecht damit, doch Gloria hatte darüber nachgedacht und beschlossen, nein, sie wollte nicht, daß das Kind im Gefängnis aufwuchs. Sie würde Babu für seine Hilfe ewig dankbar sein, aber es stimmte, was die Sozialarbeiterin sagte. Das Kind brauchte ein normales Leben. Sie hatte mit ihren Eltern im Dorf, in Santa Katharina, telefoniert, und sie waren bereit, Soledad aufzunehmen und sich um sie zu kümmern. Sie hatte außer ihren Eltern auch noch Großeltern, Schwestern und Brüder mit kleinen Kindern im Dorf, an die sich Soledad vielleicht noch erinnerte, und es wäre immer jemand da, der sich um Soledad kümmern würde. Sie würde Freunde und Freundinnen, ihre Sprache, ihr Essen und ihre Lieder haben. Hier wäre sie immer die Tochter der brasilianischen Mörderin, die Waise, deren Mutter im Gefängnis saß. Ihre Eltern sammelten jetzt in der ganzen Familie Geld, um Soledad eine Flugkarte zu schicken, und die Sozialarbeiterin hatte gesagt, sie würde dafür sorgen, daß sich die Stewardeß während des Flugs des Kindes annahm, und bei der Ankunft würde man sie demjenigen übergeben, der sie am Flughafen erwartete.

Aber, wollte er fragen, was ist mit der fressenden Hexe? Wenn doch die fressende Hexe für Soledad eine Gefahr bedeutete, als Viktor, ihr Vater, noch unter den Lebenden weilte, würde sie Soledad dann jetzt, wo die verhaßte Schwiegertochter ihn ermordet hatte, nicht gefährden? Oder vielleicht, vielleicht war Gloria mit ihrer offensichtlichen Ambivalenz ja selbst die fressende Hexe? Sie hatte ihre Tochter gleich nach der Geburt im Stich gelassen, wie das Junge einer Straßenkatze, und war mit einem ungeliebten Ehemann, der sie mißhandelte, ans andere Ende der Welt gereist. Dann war der fluchende Dämon in sie gefahren, und sie hatte das verlassene Junge zu sich geholt, weil sie sich plötzlich in einen Rumänen mit Goldzahn verliebt hatte, und danach hatte sie der Liebe mit dem Goldzahn ein Ende gemacht, als sie ihren Ehemann mit einem Küchenmesser erstach, und bei der ganzen großen Liebe sprangen nur Tod und Vertreibung, Gefängnis und Verwaisung, leere Hände und ein leeres Herz heraus. Alles, was sie anrührte, ging zu Bruch, ihre Tochter eingeschlossen. Menschen, die Soledads Anker gewesen waren, verschwanden plötzlich aus ihrem Leben, zuerst Mutter und Vater, dann die Großmütter, Tanten und Onkel und das Dorf. Und die Wirklichkeit geriet ins Wanken, wurde zu etwas Fließendem, auf das man sich nicht verlassen konnte. Und ausgerechnet jetzt, als ihre Welt ein klein bißchen stabiler geworden war, das Kind ein gutes Zuhause, einen festen Tagesablauf und Sicherheit hatte, da riß sie sie wieder heraus, damit sie ein »normales Leben« hätte, und schickte sie ans andere Ende der Welt.

»Sie hat es gut bei mir«, sagte er.

»Ja. Babu ist gut. Sehr gut, Babu. Kein Mal kein Ort kein Mensch so gut mit Soledad wie Babu. Aber Soledad nicht das Kind von Babu.«

Auch nicht deines, wollte er zu ihr sagen. Und sagte nichts. Er hatte ohnehin schon zu viel geredet.

Sie hatte ein Problem, sie hatte es gelöst, und sie verspürte Erleichterung. Etwas behinderte sie mitten auf dem Weg, ein Stuhl oder Blumentopf, und mußte weggerückt werden, damit man bequemer vorbeikam. Die Tatsache, daß das Etwas einen zarten Flaum, schmeichelnd wie ein Küken, auf dem Kopf hatte, und schwarze Augen, die »Babu!« lachten, wenn sie sich am Morgen öffneten, und einen röchelnden Atem an seiner Brust, wenn sie in der Nacht einschlief, interessierte sie nicht. Sie sehnte sich nach ihr, ja, aber nicht so, wie sie sich nach Corneliu sehnte, nicht mit der Art von Sehnsucht, die Bäche von Tränen über ihr Gesicht strömen ließ und sie dazu brachte, vor lauter Kummer in Heulkrämpfen zu Boden zu fallen. Das kleine Mädchen würde der Stewardeß wie eine Post- oder Medikamentensendung übergeben werden, mit einem Namenszettel an ihrem Hemdchen, und am Flughafen würde jemand auf sie warten, den weder sie noch die Stewardeß kannten, der den Zettel sehen und sie mitnehmen würde, Schwamm drüber und Israel, gute Nacht.

»Gibt es in Brasilien Windeln?«

»Ja, Babu, gibt in Brasilien Windeln.«

»Bamba-Kinderriegel?«

»Auch Bamba. Gibt alles. Mais, Batate, Tapioka, Kokos, Banana, Kania de Assukar. Gibt alles. Ai, Babu, Babu ...« seufzte sie.

Dann überlegte sie ein wenig und sagte: »Gloria bittet, Soledad hier schlafen. Soledad fährt in noch zwei Tagen, drei Tagen, Woche oder so. Bitte, Babu bringen Soledad zu Gloria morgen mit Kleider und Windeln und alles?«

»In Ordnung.«

»Die Sozialarbeiterin telefoniert mit Heim, spricht mit Kinderfrau.«

»In Ordnung.«

»Danke, Babu. Babu ist gut.«

Als er das Gefängnis verließ, wollte der gute Babu jemanden verprügeln. Viele Jahre waren vergangen, seitdem er diesen Wunsch verspürt hatte. Der Adrenalinstoß, der die Muskeln und den Kopf mit dem gierigen Verlangen danach erfüllte, jemandem die Knochen zu brechen. Die Empfindung von Kraft und Furcht, die Jäger verspüren, die dem Wildschwein, den Rehen und Füchsen auflauern, sie reizen, um sie aus den Höhlen, den Büschen, dem Wasser herauszulocken, damit sie über sie herfallen und ihnen den Garaus machen können. Als er in der Armee war, ging er ab und zu, wenn er Urlaub hatte, in Nachtclubs zum Tanzen, Trinken und Singen, und nicht nur einmal endete die Nacht mit Prügeln, die er austeilte und bezog. Die Schlägerei war Teil des Amüsements, und manchmal, wenn er gerade keine Freundin hatte, ging er sich danach eine Nutte suchen, irgendwie gingen diese Freuden zu der Zeit damals Hand in Hand.

Auf dem Weg nach Tel Aviv beschloß er, an der Baustelle in Koranit vorbeizufahren, wo die Rumänen jetzt arbeiteten, und dem Muskeljäger das Geld abzunehmen, das er Corneliu gestohlen hatte. Bis sie dort eingetroffen waren, war Soledad eingeschlafen. Er legte die Wasserflasche auf ihre Knie, für den Fall, daß sie aufwachte, stieg aus dem Auto und begann, durch die Siedlung zu streifen, die nur aus Staub und Rohbauten, riesigen Kränen und gelber Erde mit aufgeschlitzten weißlichen Eingeweiden bestand, ohne einen Hauch von Schatten, ohne einen einzigen Grashalm. Er sah Stefan, den Meister des Domino, neben einem weiteren Arbeiter am Boden sitzen. Die beiden schlugen mit einem Hammer auf getrocknete Zementbrocken am Eingang eines großen Gebäudes ein, das, wie auf dem Schild dort zu lesen stand, eine Gesamtschule werden sollte, eine Spende der belgischen Juden.

»Wo ist der Boß?« fragte er Stefan.

»Ja, was gibt's?« fragte der Arbeiter, der neben Stefan hockte.

»Der Obermufti. Ich suche den Boß.«

»Ich bin der Boß«, sagte der Mann und erhob sich mit dem Hammer in der Hand vom Boden. Der Boß war um die vierzig, von durchschnittlicher Größe und hatte die schwarzen Augen eines Bastards, der seit seiner frühen Jugend gearbeitet hat. Gesicht und Haare waren mehlig von Sand, Staub und Zement, und er trug Militärarbeitshosen mit zerrissenen Taschen und ein altes Hemd der Naturschutzgesellschaft. Die Furcht in Stefans Augen bestätigte, das war tatsächlich der Boß.

Babu verpaßte ihm einen schnellen, starken Haken unters Kinn, spürte, wie Kiefer auf Kiefer krachte, die abgebissene Zunge und die brechenden Zähne im Mund, und betrachtete den zu Boden fallenden Hammer und den Mann, der wie ein nasser Lumpen, der von der Wäscheleine flattert, in sich zusammensank. Immer noch steckte diese Kraft in ihm, die solche Verwunderung in ihm ausgelöst hatte, als er sie als Kind entdeckte. Bei den seltenen Malen, wo er sie anwandte, als er bereits ein Halbwüchsiger war, hatte sie ihm ein Gefühl von Glück beschert, der süße Geschmack im Mund, das Beben im Bauch. Die Kraft war noch immer da, wie ein vergessenes Talent, wie Fahrradfahren oder Schwimmen. Sie hatte ihm den Ruf eines Rowdys eingebracht, als ihn die Bezeichnung noch mit Stolz erfüllte, jene Kraft, auf die er nach der Affäre mit dem Coca-Cola-Jungen zugunsten einer anderen verzichtet hatte, die stärker und schwieriger zu erlangen war.

In der hinteren Hosentasche des Bosses fand er eine Brieftasche mit vierhundert Schekel und zweihundertneunzig Dollar. Er steckte sie ein und kehrte zum Auto zurück. Im Rückspiegel sah er Stefan schreien und Leute rennen. Soledad erwachte, als er den Motor anließ, und er schob ihr die Flasche in den Mund, legte den Gang ein und fuhr los. Stefan würde ihn nicht verraten, dessen war er sich sicher, auch zu seinen Freunden würde er kein einziges Wort sagen, um sie nicht mit hineinzuziehen. Er würde diesen dummen Blick eines einfältigen Rumänen aufsetzen, der nicht verstand, was man zu ihm sagte, der es nicht fertiggebracht hatte, etwas zu sehen und zu hören, und zitternd vor Angst die vereinzelten hebräischen Worte, die zu lernen ihm gelungen waren, vergessen hätte, wenn die Polizei anrückte.

Es war schon zwei, als er Tel Aviv erreichte, und es hatte keinen Sinn mehr, Soledad in die Tagesstätte zu bringen. Tagesordnung, Plagesordnung, sagte er sich, ungedeckte Worte, leerer Atemdunst, der geistesabwesend abgesondert wird wie alle Wörter, die nur zwischen einem verantwortungslosen Gedanken und einer unverantwortlichen Tat verantwortungsloser Menschen vermitteln. Die Worte, die Schicksale entschieden, Weltordnungen schufen oder umstürzten, Lebensbahnen ebneten oder entgleisen ließen, Leben gaben und nahmen, sie waren die große Verschwörung, die die Menschheit gegen sich selbst geschmiedet hatte, und sogar er, der wußte, was sie anrichteten und sich derart vor ihnen in acht nahm, sogar er tappte in die ausgelegte Falle.

Tagesordnung, hatte sie zu ihm gesagt, und er hatte ihr geglaubt! Hatte es ganz genau genommen damit, war stolz auf sich gewesen, daß er sie einhalten konnte, und jetzt, mit dem gleichen Atemdunst, schickte sie diese tägliche Ordnung zum Teufel, so wie sie es auch mit ihrem Leben getan hatte. Nichts verpflichtet mich, ihr zu gehorchen, dachte er. Heute denkt sie so, morgen anders. Vielleicht hat sie irgend etwas gegessen, Sodbrennen oder Schluckauf bekommen und beschlossen, das Kind nach Brasilien zurückzuschicken. Zufällig gerade jetzt, so wie es Zufall war, daß sie sich plötzlich in Corneliu verliebte und entschied, sie hierherzuholen. Ich kann das Kind vor ihr schützen. Es verstecken. Er überlegte sich Orte zum Verstecken, Versorgungsmöglichkeiten, Hygiene und Erziehung, und vor seinem geistigen Auge sah er sich bereits in einer Höhle im Galil, wie er sich mit Soledad vor der

Polizei versteckte, die im ganzen Land nach dem »Kindsräuber« fahndete. Nein, beschloß er am Ende, er würde sie nicht entführen. Diese Lösung war noch furchtbarer als die, die sich Gloria ausgedacht hatte.

Als er sich der Bar näherte, sah er, daß neben dem Eingang ein großer, schmutziger Lastwagen stand. Ohrenbetäubende Laute von irgendeiner Art Zentrale drangen aus der Fahrerkabine, und der junge Fahrer saß auf der Türstufe des Lastwagens und sprach in sein Handy. Als er Babu sah, sprang er sofort auf und begann zu schreien. Seit Stunden wartete er schon! In Jad Elijahu wartete ein Transfer auf ihn, und die Leute dort machten ihn schon ganz wahnsinnig! Und der Boß glaubte ihm nicht, daß Salomon den Lastwagen bestellt hatte und nicht kam! Und wo waren überhaupt diese Reifen? Salomon sollte jetzt also gefälligst mit dem Boß reden und ihm selber sagen, daß er gerade eben erst eingetroffen war! Soledad begann zu weinen, und ihr Heulen vermischte sich mit dem Lärm der Funkzentrale und dem Geschrei des Fahrers. Babu packte den Fahrer, schloß gewaltsam seine Finger um den mageren Hals und sagte: »Sei still.« Der Junge holte mit den Händen aus, um Babu wegzuboxen, doch Babu hielt ihn weiter am Hals fest, und seine Arme fingen die Schläge auf, als wären sie aus Beton.

»Und mach diesen Lautsprecher aus«, sagte er, während er den Jungen in Richtung Fahrerkabine schob. Der Junge schaltete den Lautsprecher ab, und in der nun herrschenden Stille war nur noch Soledads Weinen zu hören.

»Laß mir den Laster bis morgen da. Morgen kommst du ihn abholen.« Er nahm langsam und vorsichtig seine Hand vom Hals des Jungen. Nach einer Unterredung mit dem Boß, bei der sich der Fahrer beschwerte, Salomon sei verrückt, Salomon habe die Hand gegen ihn erhoben und er würde im Leben nicht mehr zu Salomon zurückfahren, wurde zwischen Salomon und dem Boß vereinbart, daß der Fahrer den Anhänger dalassen und morgen wiederkommen würde, um die Reifen zur Müllhalde zu transportieren.

Es waren mindestens zweihundert Reifen. Alle alt und schrottreif. In Soledads Tagesstätte gab es im Hof zwei grün und rot bemalte Reifen. Er hätte die Reifen in den Kindergärten im ganzen Land verteilen können. Das hätte sich Monate hingezogen und wäre mit einer »Mission« verbunden gewesen: Anrufe, Interesse oder kein Interesse, wozu das denn, was für eine Schnapsidee! Und die Organisation, die Lieferung, und was war mit den Farben? Wer malte sie an? Danke ja und danke nein, massenhaftes Gerede. Nein, sollten sie sich die Reifen von der Müllhalde holen, wenn sie welche wollten.

Er setzte Soledad in den Schatten und legte Getränkedosen neben sie, die sie vor und zurück rollte. Dann krabbelte sie ihnen hinterher und suchte sie, fiel um und stand wieder auf. Er begann, die Reifen zur Vorderseite der Bar zu rollen, und als sich auf dem Pflaster fünf davon stapelten, lud er sie auf den Anhänger. Er machte diesen Weg wieder und wieder, Rollen, Aufladen, Rollen, Aufladen. Der Schweiß lief ihm in Strömen am ganzen Körper herunter, brannte in seinen Augen. Jedesmal, wenn er sich bückte oder aufrichtete, rissen die Muskeln fast vor Schmerzen, das Gehirn war leergefegt von jedem Gedanken, und nur der dumpfe Drang, die Reifen loszuwerden, trieb ihn dazu, unaufhörlich weiterzumachen, nicht stehenzubleiben, keine Pause einzulegen, weitermachen, weiter und weiter. Wenn er sich zum Ausruhen hinsetzte, würde er nicht wieder aufstehen, und dieser verpißte Haufen würde ewig hier liegenbleiben, Versuchung und Versteck für Vergewaltiger und Mörder. Seine Handteller waren rot und schwarz verfärbt, angeschwollen und zerkratzt. Drei Stunden waren vergangen, seitdem er die Arbeit aufgenommen hatte, und bei dem Tempo, mit dem er vorankam, würde er wohl die ganze Nacht damit weitermachen. Früher oder später würde er Soledad nach Hause bringen, sie baden und ins Bett bringen müssen, doch er fürchtete, nicht mehr die Kraft zu haben, zurückzukehren und das Werk zu Ende zu bringen, wenn er einmal hier weggegangen war. Seine starken Muskeln, die Chmelnitzki-Muskeln, wie seine Mutter sie zu nennen pflegte, als er ein Junge war, waren eingerostet. »Zeig den Muskel, Babuniu«, hatte sie immer gesagt, und er, stolz auf seinen starken Körper, spannte seinen Bizeps an, und sie stöhnte vor Vergnügen, betrachtete ihn mit durchtriebener Bewunderung, klopfte mit ihren Händen dagegen und flüsterte »Chmelnitzki«. Ja, sie waren eine »Antwort«, auch seine Muskeln waren eine »Antwort«. Sie würden den Bunker bauen, wenn der Bombenangriff käme, diese Muskeln, sie würden ihr Hab und Gut schleppen, wenn sie fliehen müßten, sie würden ihnen Kartoffeln in der Nacht stehlen, sie würden den töten, der sie erkannte und verraten wollte, eine Bürgschaft für das Weiterleben waren sie, diese Muskeln. Waren sie!

Er setzte sich auf die Reifen und weinte. Sie hatte es geschafft. In seinem Blut floß das Lebele, das Flämmele, das Bleibele. Sie hatte gewonnen, seine Mutter. Ihre Erinnerung durchströmte seine Erinnerung wie Gift. Tibet schützte ihn nicht vor ihrer Erinnerung. Sein Schweigen wich vor den Worten zurück, und die Wörter füllten ihn mit der Kraft, die er zu verneinen suchte. Die Kraft brachte ihm die alte Bösartigkeit der Überlebenden zurück. Er hätte es ahnen können. Von dem Moment an, in dem er anfinge, die Rumänen auseinanderzukennen, würden sie aufhören, Vogelscheuchen in seinem Sichtfeld zu sein, und er würde das machen, was nie mehr zu tun er sich geschworen hatte: sich in das Leben anderer Menschen verwickeln lassen. Im Guten wie im Schlechten. Noch ist es nicht zu spät, den Rückzug anzutreten, dachte er, noch ist es nicht zu spät, sich zu den Feldern der Unschuld zurückzuziehen, in die Abgeschiedenheit, die die Existenz des Guten ermöglicht, in eine Welt, in der es keine Muskeln von Überlebenden und keine Buchführung gibt, in der die Erinnerung nicht wie eine bösartig wuchernde Krankheit herrscht, in der das Leben weder Antwort noch Rechtfertigung des göttlichen Gerichts ist, nicht Belohnung und nicht Entschädigung, und der Ort, wo sich das Leben abspielt, nur existiert, weil er eben existiert, aus keinem einzigen anderen Grund. Und diese Existenz ohne Zweck und Grund, die weder Strafe noch Preis war, würde wieder die himalajische Stille und die ewigen kalten Schneegipfel gebären. Er würde sich darin einrollen, so wie er es in der Vergangenheit getan hatte, eingewickelt wie ein Säugling, und horchen, lauschen, bis die ewige Stille vom tiefen, tröstlichen Klang der langen Hörner durchbrochen würde, anfangs ganz leise, beinahe unfaßbar, doch danach klar und gewiß wie die weiche Decke der Schneelandschaft, die ihn umringte.

George traf ein, und er hörte ihn in Babysprache mit Soledad schäkern, mit der Zunge und den Fingern schnalzen, und er hörte Soledads Lachen. Wenn er jetzt nach Hause ginge, würde er die Reifen hier nie loswerden. George betrat den Hinterhof und begann, Babu dabei zu helfen, die Reifen zum Anhänger zu rollen. Babu betrachtete die krummen Beine und die vierschrötigen, prallen Oberschenkel und wollte zu ihm sagen, er bräuchte ihm nicht zu helfen, denn schließlich käme er jetzt von einem Arbeitstag am Bau, doch er sagte nichts. Ohnehin würde George, wenn gleich die Rumänen kamen, gezwungen sein, in die Bar hineinzugehen, um sie zu bedienen.

Und inzwischen, inzwischen mußte er sich wieder an sein Schweigen gewöhnen.

Babu holte das Geld aus der Hosentasche, das er dem Boß auf der Baustelle abgenommen hatte, und hielt es George hin, der ihn fragend ansah.

»Das ist das Geld von Corneliu«, sagte Babu.

»Das Geld von Corneliu?«

»Der Boß hat es geschickt.«

»Der Boß hat es geschickt?«

»Ja.«

»Der Boß vom Bau?«

»Ja. Der Boß vom Bau. Hast du die Liste noch?«

»Nein.«

»Nein?«

»Nein.«

George war nicht dumm, und seine Reaktion erschien Babu merkwürdig. Er schaute ihn an, erwartete Erklärungen. Das Geld lag jetzt zwischen ihnen auf einem der Reifen.

»Der Boß hat das Geld von Corneliu gegeben«, sagte George schließlich. »Der Boß hat das Geld gegeben, das er Corneliu schuldet? Das Geld, das er nicht geben wollte?«

»Ja.«

»Wann?«

»Letzte Woche.«

»Warum hat er plötzlich zurückgegeben?«

»Er hat gehört, daß es die Arbeiter aus eigener Tasche für Corneliu gegeben haben und hat es den Arbeitern zurückgegeben.«

Beide blickten schweigend auf die Scheine, die auf dem Reifen lagen.

»Der Boß ist im Hospital«, sagte George.

»Ja?«

»Schlag auf Kopf. Hat ihm auch Geld genommen.«

»Ja?«

»Ja.«

»Wer?«

»Wissen sie nicht. War Polizei. War Fragen. Keiner sieht was.«

»Gib das Geld den Freunden.«

»Nein.«

»Warum nicht? Es ist ihres.«

»Woher hat George Geld?«

Die Geldscheine sahen wie Giftschlangen aus. Er wollte sie nicht anrühren. Doch hier liegenlassen wollte er sie auch nicht.

Die beiden Ions und Michail, der Schiedsrichter, spähten aus der Hintertür der Bar und begrüßten Babu und George mit einen freudigen Ausruf.

»Ich komm' schon!« rief George ihnen zu. Er schob die Scheine in seine Hosentaschen

»George denkt«, sagte er zu Babu.

»Soledad kehrt nach Brasilien zurück«, sagte Babu.

»Wann?«

»Ich bringe sie morgen ihrer Mutter zurück.«

»Gloria Ginger Fish zurück Brasilien?«

»Nein. Nur Soledad. Zu ihren Großeltern. Sie hat eine große Familie in Brasilien. Es wird ihr gutgehen.«

»Ja?«

»Ja.«

»Babu braucht keine Hilfe mehr von George mit Bar?«

»Babu denkt.«

George hob Soledad vom Boden hoch und ging mit ihr in Richtung Bar.

Ein metallischer Ton hatte sich in das Blau des Himmels gemischt. Graue Wolken verbargen die Sonne. Wenn es regnete, würde es noch schwerer werden, die Reifen zu transportieren, dachte er. Er fing wieder an, sie zur Vorderseite zu rollen und auf den Anhänger zu laden. Die Arbeiter betraten die Bar, er hörte ihre Stimmen, das harte Aufsetzen der Dominosteine, das Gurgeln der Kaffeemaschine. George war der Schutzwall zwischen ihm und diesem Rumänien an der Grenze von Jafo zu Tel Aviv. Vielleicht würde er ihn behalten. Er hätte nur mit einem einzigen Menschen anstatt mit der ganzen Kundschaft zu tun. Wenn der Hinterhof sauber wäre, würde er hier Toiletten bauen, so wie er es ursprünglich vorgehabt hatte, als er diesen Platz übernahm. Er würde auch eine gute Beleuchtung installieren, damit hier keine Leichen weggeworfen würden. Er spürte seinen Rücken und seine Arme bereits nicht mehr, rollen und aufladen, rollen und aufladen. Es lief im Rhythmus der Handgriffe ab, und nur der brennende Schweiß in seinen Augen beeinträchtigte den Rhythmus, wenn er gezwungen war, sich übers Gesicht zu wischen. Als er wieder aus dem Hinterhof auftauchte, sah er George, der sich mit Korb und Angel dem Meer zuwandte. Danach gesellte sich Michail zu ihm, auch er mit einer Angel. Er fragte sich, wer jetzt wohl auf Soledad aufpaßte. Tagesordnung, Plagesordnung, murmelte er vor sich hin und kehrte zu den Reifen zurück. Morgen würde sowieso alles durcheinandergeraten. Und was bei ihr durcheinandergeriete, würde bei ihm an seinen Platz zurückkehren. Er würde es bei dem Arrangement mit George belassen und sich wieder dieser Welt zuwenden, in der es keine Worte gab, am Fuße der weißen Berge sitzen, umgeben vom großen Schweigen, und vielleicht, vielleicht, wenn er durchhielte, würde er wieder das leise, tiefe Blasen der Hörner der gelben Mönche hören.

Der Abend senkte sich herab, und die Beleuchtung im Charles-Chlore-Park schaltete sich ein. George und Michail erhoben sich vom Ufer. Michail hockte sich neben einen Stein und begann, die Fische mit einem Messer zu schuppen, und George sammelte kleine Zweige. Er ging in die Bar, nahm die Plastiktüte mit den alten Zeitungen von der Türklinke, trat dann in den Hinterhof hinaus und sagte zu Babu: »Komm.«

George, und hinter ihm Babu, ging zum Grillplatz der Rumänen, das kleine, schwarze Loch, das an der Stelle gegraben worden war, wo der Kalkhügel sich ins Meer verflachte. George zog die Geldscheine, die Babu ihm gegeben hatte, aus seiner Hosentasche, zählte nacheinander die vierhundert Schekel und zweihundertneunzig Dollar und legte sie auf den Boden der Grube. Er beschwerte die Scheine mit kleinen Steinen, damit der Wind sie nicht davontrug, und schichtete die Zeitungen und das gesammelte Reisig darüber. Dann zündete er das kleine Feuer an, legte den Eisenrost darauf und die Fische, die Michail geputzt hatte, sowie ein paar Zwiebeln. Babu stand dabei und schaute zu, wie die Haut der Fische anbrannte und Blasen warf, bis sie zerplatzte und sich verkohlt vom Fleisch ablöste; wie das rosa Fleisch, das einen schwärzlichen Blutfaden entblößte, weiß wurde und das Fett, das von den Fischen herabtropfte, das Feuer in der Grube auflodern ließ.

Die Rumänen versammelten sich an der Feuerstelle und ließen sich ringsherum auf der Erde nieder. Jehosafat hielt die schlafende Soledad in seinen Armen und wiegte sie. Jemand verteilte die Pitabrote, ein anderer brachte Bierdosen aus der Bar, und sie lachten, wie damals, als Corneliu Goldzahn und Gloria einander auf einmal im roten Licht des Sonnenuntergangs entdeckt hatten.

Babu kehrte in den Hinterhof zurück und machte sich wieder daran, die verbliebenen Reifen wegzurollen. Er hatte noch etwa eine Stunde Arbeit vor sich. Dann würde er nach Hause fahren und Soledads Sachen zusammenpacken.

Seine Arme, Füße und der Rücken taten ihm weh, und er war gezwungen, bei jedem Durchgang nach dem Aufladen stehenzubleiben und eine Pause einzulegen. Von seinem Standort aus neben dem Anhänger, gegen die Ladefläche gelehnt, konnte er ihre Gesichter nicht unterscheiden. Von den brennenden Fischen trieben Rauch und Funken empor, und versengte Zwiebelschalen segelten durch die Luft, was die Gesichter der Menschen verschattete. Er wußte, daß George und Michail, Jehosafat und die beiden Ions dort waren, und irgendwann war auch der Typ aus Ghaza mit zwei Nigerianern und dem neuen Arbeiter angekommen, von dem er nicht wußte, ob er ein Filipino oder ein Thai war. Die Funken, die durch die Dunkelheit stoben, narrten seine Augen und verwandelten alle zu lautlos zuckenden Flammen, die sich lang machten und wieder schrumpften, sich aufblähten und wieder einschrumpelten. Er lächelte in sich hinein, als er an das gestohlene Geld dachte, das nun die Fische grillte. Hier, im Rauch, der zum Himmel aufstieg, verbrannten seine Sünden. Er war bereits an einem solchen Ritual, der Geisteraustreibung mittels eines reinigenden Feuers, beteiligt gewesen, nur war damals sein Körper der Ritualgegenstand gewesen. Wenigstens zwei von den Menschen, die am Feuer saßen, waren ihm heute zu Hilfe gekommen: Stefan, der Meister des Domino, und Mister Krummbein. Er versuchte, sie vom Rest der in Licht und Dunkel tanzenden Silhouetten isoliert wahrzunehmen, doch da sank das Feuer bis auf die letzten Glutreste in sich zusammen, und der Kreis der Menschen, die ringsherum auf der Erde saßen, lag nun im Dunkeln. Die kleine Gesellschaft war mit Essen beschäftigt und sprach kaum. Bald würden ihnen die Augen zufallen, dachte er, und dann würde es ihnen schwerfallen, wieder aufzustehen und ihre ausgelaugten Knochen zu koordinieren, und sie würden ihre Füße zur Bar schleppen und noch ein letztes Bier trinken, damit sie die Kraft hätten, in die Stadt zurückzukehren, zu der Unterführung, die ihr Zuhause war.

Soledad brach plötzlich in Weinen aus. Vielleicht hatte die Stille sie aufgeweckt oder ein Feuerfunke, der aus der Glut hochstob. Jehosafat wiegte sie und trällerte ihr leise la-da-da, la-di-da, da-dam vor, und zwei aus der Gruppe – wer, konnte er aus dieser Entfernung nicht erkennen – bastelten sich dreieckige Hüte aus den alten Zeitungen, erhoben sich vom Boden und tanzten mit langsamen, beruhigenden Bewegungen vor Soledads Augen. Bewegungen, die weder Freude noch Trauer an sich hatten, wiegten sich wie die Wellen des Meeres, wie der Wind, wie die Zweige der Bäume zur Abendzeit. Das Laternenlicht schien durch die dreieckigen Papierhüte und ließ sie in gelbem Licht leuchten. Babus Blick blieb gebannt an den gelben Hüten haften, und er konnte sich nicht vom Fleck rühren. Soledad hörte auf zu weinen. In der Stille, die nun wieder im Park einkehrte, drang leise, ganz leise das Brummen der riesigen Bronzehörner an Babus Ohren, das aus den Tiefen des Meeres hochstieg.

Brigitte Aubert
Die vier Söhne des Doktor March
Roman
218 Seiten
btb 72240

Brigitte Aubert

Beide führen ein Tagebuch. Er, das ist der Mörder – und einer der vier Söhne des Doktor March. Sie, das ist Jeanie, das Dienstmädchen des Hauses. Eines Tages kommt sie den schockierenden Aufzeichnungen des Täters auf die Spur. Aber welcher der Brüder ist das Ungeheuer? Als der Unbekannte merkt, daß Jeanie seiner Fährte folgt, kündigt er ihr die Stunde ihres Todes an...

Brigitte Aubert
Im Dunkel der Wälder
Roman
286 Seiten
btb 72163

Sie ist reich, hübsch und glücklich verliebt, da schlägt das Schicksal zu. Von einem Unfall schwer gezeichnet und ganz auf fremde Hilfe angewiesen, sieht sich Elise Andrioli plötzlich im Zentrum unheimlicher Ereignisse – Mord und mysteriöse Anschläge eingeschlossen. Beinahe zu spät erkennt sie, wo der Schlüssel zu diesen unheimlichen Vorfällen liegt...
»Ein ganz ungewöhnlicher Thriller.« *Frankfurter Rundschau*